MSU
LIBRARIES

MICHIGAN STATE UNIVERSITY
LIBRARY

RETURNING MATERIALS:
Place in book drop to
remove this checkout from
your record. FINES will
be charged if book is
returned after the date
stamped below.

Eva Zeller
Heidelberger
Novelle

Eva Zeller
Heidelberger
Novelle

Deutsche
Verlags-Anstalt
Stuttgart

Die Arbeit an dieser Publikation
wurde durch den
Deutschen Literaturfonds e.V.
gefördert.

CIP-Titelaufnahme der
Deutschen Bibliothek

Zeller, Eva
Heidelberger Novelle /
Eva Zeller, Stuttgart :
Deutsche Verlags-Anstalt, 1988.
ISBN 3-421-06473-3

Typografische Gestaltung:
Marion Winter
Gesamtherstellung:
Friedrich Pustet, Regensburg
Printed in Germany

Bevor ich meine Hauptfigur Regine an das Fenster setze, wo ich sie fast die ganze Zeit sitzen lassen werde, soll der Leser selber einen Blick hinauswerfen auf der Städte ländlich Schönste, über den Neckar, auf das besungene Schloß, die gigantische, schicksalskundige Burg; ah und oh wird er rufen, schön, wunder-wunderschön oder wird keine Worte haben, wird sich jedenfalls nicht wundern, daß Regine unentwegt hinausschaut, und wird deshalb auch nicht geneigt sein, den haarsträubenden Verdacht aufkommen zu lassen, hier sitze jemand, dem die schöne Aussicht gestohlen bleiben kann.

Regine am Fenster. Meistens hockt sie auf der wulstigen Rücken- oder Armlehne eines Sessels, der genau in die Fensternische paßt. Der Sessel ist ihr Kletterbaum, von dem aus sie stundenlang Ausschau hält. Nach wem? Nach was? Zählt sie die Türme, Türmchen, Giebel, Fensterhöhlen des Schlosses, die Schiffe auf dem Neckar, Frachtschiffe, Schlepper und Tanker, jetzt im Sommer auch Fahrgastdampfer, Motorjachten; zählt sie die Busse und Autos auf der Straße, die jede Flußwindung mitmacht, die Züge am jenseitigen Berghang, die stoßen gräßliche Schreie aus, bevor sie in den Tunnel einfahren; oder zählt Regine, mit einem Feldstecher bewaffnet, die Möwen in der Luft, die aufgereihten auf den Schleusentoren und den Schiffsaufbauten? Vielleicht ist sie auch nur vertieft in den Anblick einer Spinne hinter der Fensterscheibe, wie die sich an einem seidenen Faden herabläßt, nichts als Beine, Augen und ausgetüftelte Mordwerkzeuge, Bürstchen, Kämmchen, klitzekleine Klauen. Die Spinne lauert auf ihr Opfer, wird es mit ihrem Gift lähmen, wird es aussaugen. Zu sehen gibt es immer etwas, und sei es abends nur das eigene Gesicht in dem dunklen Fensterspiegel, den Wuschelkopf, die Glotzaugen, den Griff ins Nackenhaar.

Was Regine ist, die kann sich nicht sattsehen, sie hätte wahrlich anderes zu tun, sich endlich polizeilich anzumelden zum Beispiel – wie sie das haßt, diese bürokratischen Mätzchen –, ihre Radiojodbehandlung regelmäßig fortzusetzen, sich ein Zimmer zu suchen, zu studieren zum Beispiel. Zum Studieren ist sie hier für ein zwei Semester. Noch ist unklar, welche Fächer sie belegen wird, Politologie höchstwahrscheinlich, Geschichte auch, aber dazu braucht sie das Latinum. Um das nachzuholen, war sie schon den Februar und März über hier, hat auch da am Fenster gehockt, das Lateinbuch auf den Knien: *discere* heißt lernen; *memoriae mandare* heißt auswendig lernen, pauken; *perdiscere:* noch etwas hinzulernen; *addiscere:* schnell lernen; *facile esse ad discendum:* es lernt sich. Es lernt sich nicht so schnell.

Der Fensterausblick war auch im Winter faszinierend gewesen: unbelaubt die Bäume am abschüssigen Hang, von ein paar immergrünen Fichten durchstanden; gescheckt, als noch Schnee lag, weiß nachgezogen die kreuz und quer liegenden Baumstämme, die abgetreppten Mauern an der steilsten Flanke des Berges, die rutschenden Schnee und Geröll vor der Tunneleinfahrt auffangen sollen; Schnee auf dem Dach des Karlstors, des Stationsgebäudes, des Schleusenhauses, Schnee auf den Brückenpfeilern; der am weitesten entfernte verdeckt die Verkehrsampel, vor der alle Autos halten müssen. Wenn es schneite, wurden abends die Laternen am Ufer zu in sich fließenden Kegeln und sahen aus wie die gläsernen Halbkugeln mit ihren inwendig kitschigen Sommerlandschaften, in denen es, wurden sie auf den Kopf gestellt und geschüttelt, zu schneien anfing. Auf dem Treidelweg die Doppelspuren von Schlitten im Schnee und regelmäßig ein Mann mit einem weißen Blindenstock, ein anderer mit einer Hundeleine in der Hand, aber kein Hund weit und breit.

Nicht minder eindrücklich das Anschwellen des Flusses bei der Schneeschmelze. Der Neckar setzte kurzerhand die Straße unter Wasser, die Autos wurden am Karlstor umgeleitet, aber die Ampeln, davon überzeugte sich Regine an Ort und Stelle, sprangen weiter um von Rot auf Gelb, auf Grün und von Grün auf Gelb, auf Rot, obgleich die Masten halb im Wasser standen; die Uferbänke versunken samt den Touristen. Regine hat das Überschwemmungsgebiet fotografiert und die Fotos sorgfältiger als sonst ihre Art in ein Album geklebt. Von den Dachschrägen rutschten Lawinen.

Die Wandschrägen und Schranktüren ihres Zimmers hat Regine mit Postern tapeziert: sechs gerahmte Maos, sechs Suppendosen in Acryl, sechsmal Marilyn Monroes überdimensionaler Mund von Andy Warhol, Che

Guevara mit seinen Prophetenaugen, van Goghs ausge-
tretene Schuhe, Magrittes versteinerter Blitz, Munchs
Schrei auf der Brücke. Was noch? Picassos rosa Harlekin aus der rosa Periode und seine stillende Mutter und
natürlich die Friedenstaube. Sieht das, was da an den
Wänden klebt, Regine ähnlich? In eine der Schranktüren ist ein Spiegel eingelassen, in dem sie sich von Kopf
bis Fuß betrachten kann.

Jetzt im Mai sieht der nachschaffende Hang, wie der
Onkel in seiner peniblen Ausdrucksweise die jenseitige
Bergseite nennt, aus wie auf den Ansichtskarten, die es
an drehbaren Ständern auf der Hauptstraße zu kaufen
gibt: von Baumkronen überdacht, aus denen nur das
Schloß herfürtritt.

Bis Regine ein Zimmer gefunden haben wird, ist sie
wieder untergekrochen in der Wohnung der Tante, des
Onkels. Nur den April über hat sie es zu Hause ausge-
halten. Zu Hause! Was ist das? Vater und Mutter. Die
man ehren soll. Können vor Lachen. In Reginens Fall
sind es dann noch drei Brüder. Aber sie wünscht nicht,
an sie erinnert zu werden.

Wiedergekommen, zurückgekehrt auf ihren Sessel,
strickt, vielmehr häkelt sie beim Lateinpauken und
beteuert, lange werde sie niemandem zur Last fallen, bis
zum Beginn des Wintersemesters müsse sie das Latinum geschafft haben, das packe man nicht in zwei
Monaten, sie wolle aber unbedingt Geschichte studieren, um diesen ganzen Wahnsinn besser durchschauen
zu können und überhaupt. Aber erstmal das verdammte
Latinum, das ist schwer genug, man glaubt gar nicht,
wie viele Ausdrücke der Lateiner für ein einziges Wort

hat, für *sehen* zum Beispiel: *videre, bene* oder *acute videre:* scharf sehen; *recte video?* sehe ich recht? *vide:* sieh da, sieh da! *experiar quid faciendum cit:* ich will sehen, was zu tun ist. Das lernst du nie. Das mußt du lernen. Unsere Regine am Fenster. Wir nennen sie nun schon unsere. Den *bellum civile* auf den Knien. Häkelnd. Mit einem Feldstecher bewaffnet, um das bunte Treiben da unten zu beobachten.

Das Mädel ist ein Augenmensch, sagt Tante Thea, das hat sie von mir. Tante Tea schätzt sich glücklich, die Nichte wieder bei sich zu haben, wie sie sich glücklich schätzt, ihre Traumwohnung gefunden zu haben. Sie schätzt sich überhaupt glücklich, weil sie Betroffenheit nicht zuläßt, weil sie auf das unbefangenste in den Tag hineinlebt. So jedenfalls, könnte Regine sich vorstellen, sieht der Onkel seine Frau.

Wir haben unsere Traumwohnung gefunden, das heißt natürlich, Thea hat sie gefunden, und zwar auf der richtigen Neckarseite, der Sonnenseite. Das wurde allen Verwandten und Freunden kundgetan. Voll Stolz nahm Thea denn auch Brot und Salz ihrer *Besücher,* wie sie sich ausdrückt, entgegen; Topf- und Schnittblumen, Blattpflanzen, darunter verkrüppelte Zwergbäumchen in winzigen Töpfchen, Ampeln, Döschen, Kuhglocken, Gongs, Spieluhren, die *Ich weiß nicht was soll es bedeuten* spielen, Zinnkrüge, Stövchen, Serviettenständer, einen Blasebalg für den Kamin, den es nicht gibt, einen überlangen Stoffdackel, der die Zugluft vor Türen- oder Fensterritzen abhalten soll; von der Zugehfrau sogar einen Wandteller mit dem Heidelberger Schloß drauf, nein wie reizend, Tönernes, Hölzernes, Schmiedeeisernes, Textiles, aus Bast Geflochtenes und tausend gute Wünsche zum Einstand. Tante Thea hat eine Art, die Mitbringsel mit beiden Händen entgegenzunehmen, eine Art, sich zu verneigen, leicht wippend, – wie an Fäden hängend, denkt Regine, eine Marionette der Konvention.

Vorsicht, hier haben die Türen noch Schwellen, sagt Thea, und Füllungen und Messingbeschläge und geschweifte Klinken, das sieht reineweg aus, als schreibe man Türen noch mit Th. Beim Einzug hat Thea die Türen abgeseift, Klinken und Beschläge mit Sidol geputzt, weil ihr die Fingerabdrücke, die Lebensspuren der Vormieter, eklig sind.

Aus der großen Wohn-Eßdiele, deren eine Hälfte eine tiefgezogene Balkendecke ungemein gemütlich und rustikal macht, betritt man durch gewaschene Türen fünf Zimmer; die Wandschrägen sind durch tiefe, mannshohe Einbauschränke begradigt. Kommen die Enkelkinder zu Besuch, spielen sie hier Verstecken. Nachts zieht das Holz der Schränke, Türen und Balken sich zusammen und fängt an zu rumoren, zu knacken, zu ächzen; das hört man aber nur bei großer Stille, wenn das Sirren der Neonröhren unter den Deckenbalken nicht stört, wenn draußen nicht gerade ein Zug vorbeifährt und der Wind so steht, daß das Echo der rollenden Räder von der hiesigen Bergseite nicht zurückgeworfen, nicht hin- und hergetragen wird. Nachts pfeifen die Züge nicht vor der Tunneleinfahrt.

O doch, auch nachts.

Woher willst du das wissen, in deinem Alter schläft man wie ein Murmeltier.

Habt ihr eine Ahnung!

Ob nachts die Züge pfeifen oder nicht, bleibt dahingestellt.

Der Clou der Wohnung, das steht fest, ist der Schloßblick, Neckarblick, Hölderlinblick aus den vier tiefen Fensternischen. Mit einbrechender Dunkelheit wird das rote Sandsteinschloß von Scheinwerfern angestrahlt und liegt da im Licht: die geköpften Türme und Türmchen, dicke, runde, eckige, kleine, große Giebel, Zinnen, üppige Fassaden, Terrassen. Im Anfang schuf Gott Himmel und Erde und das Heidelberger Schloß. Abends vergißt man vollends, daß es eine Ruine ist; wie erdichtet sieht es nun aus oder so, wie man als Kind ein Schloß träumte, von Prinzessinnen bewohnt, die erlöst werden wollen. Nun sieht man sich auf der Wirklichkeit von Ansichtspostkarten. Auf welchen Umwegen sich diese Fata morgana auch noch im Fluß spiegelt, möchte Regine gerne wissen.

Die Augen rrrrechts, kommandiert sie im Kasernenhofton eines Unteroffiziers, wenn den Gästen die Sehenswürdigkeit vorgeführt wird. Angesichts des erleuchteten Schlosses hat noch jeder Besucher sein Entzücken zum Ausdruck gebracht mit Worten wie: *Das gibt's ja gar nicht,* oder: *Mein Gott, das ist ja ein Gedicht,* oder *Zu schön, um wahr zu sein.*

Der Preis für die Traumwohnung mit Schloßblick – sehen wir von Demark 1700 Kaltmiete ab – sind zweiundneunzig Treppenstufen. Die ersten achtundvierzig steinernen erklimmen unter einem Lindenbaum hindurch den Berghang und enden vor einem von vier Sandsteinsäulen getragenen Porticus; das Wort ist nicht zu hoch gegriffen. Von beiden Seiten führen geschwungene Stufen auf eine Terrasse; zwischen den Aufgängen im Mauerwerk ein Wandbrunnen, das phantasievolle Relief eines Neptun- oder Medusenhauptes, aus dessen gußeisengrünem Mund Wasser in ein Muschelbecken stürzen sollte. Der Brunnen ist aber versiegt. Aus den Rissen der Muschelschale kriechen graue, grüne und gelbe Flechten; das steinerne Gesicht, das sich darüberneigt, ist bis zur Unkenntlichkeit verschorft und verwittert, ein jammervolles Bild des Zerfalls, nasen- und augenlos, nur der entstellte Mund aufgerissen. Bei genauerem Hinsehen erkennt man das Sterben des Steins auch an den Säulen: Ruß, Staub, Abgase und Regen haben ihnen zugesetzt. Es ist abzusehen, daß sie im Wettlauf mit dem Steinfraß unterliegen werden.

Aber hier wohnen Reginens Verwandte nicht, auch nicht in der Belle Etage, vielmehr in den ausgebauten Leutestuben unterm Dachjuchhe. Über bucklichtes, im Sommer von den silbernen Schleimspuren der Schnekken geädertes Kopfsteinpflaster geht man an ebenerdigen, vergitterten Kellerfenstern vorbei um die Prunkvilla herum zu ihrem Hintereingang, Lieferanteneingang, Dienstboteneingang von anno dazumal. Hier hinterm Haus steigt nacktes Gestein senkrecht in die Höhe. Man muß den Kopf in den Nacken legen, um den Himmel zu sehen. Wenn es lange regnet, geben die Felsen Wasser von sich, als habe sie der Stab Mose berührt. Hier bricht sich das Echo der rollenden Räder, der tutenden Schiffe so laut, als ob das, was im Tal geschieht, sich hier abspiele.

Durch die Hintertür betritt man das Haus. Zweiundvierzig Holzstufen drehn sich spiralförmig im Hausinneren und enden, ohne daß die oberste Stufe sich verbreiterte, vor einer Holztür. Hier sind auf einem Messingschild Name und Titel des Onkels zu lesen. Ein Geschirraufzug, so klein, daß ein Mensch sich schon gehörig zusammenkrümmen müßte, um hineinzupassen, steigt auf Knopfdruck vom Flur des Hintereingangs bis ins Dachgeschoß. Niemand sonst im Haus benutzt den Lift; seine Türen in der ersten und zweiten Etage sind mit Brettern vernagelt und mit Möbeln zugestellt. Wer von den Dachgeschoßbewohnern mit schweren Einkaufstaschen oder, von einer Reise zurückkehrend, mit Koffern kommt, stellt die Traglasten in den Aufzug, schließt die Tür fest und drückt auf die Lichttaste Nummer 3, die grün aufleuchtet. Der Rumpelkasten setzt sich dumpf polternd in Bewegung. Übrigens hat Regine herausgefunden: Je schwerer der Aufzug beladen ist, umso lautloser läuft er, stößt nicht, rutscht nicht und hält genau da, wo er halten soll; der überladene gar gleitet geräuschlos auf und ab. Ein paarmal hat Regine aus Jux versucht, ob sie, zwei drei Stufen auf einmal nehmend, vor dem Aufzug oben sein könnte. Das ist aber nicht zu schaffen. Wie der Igel im Märchen ist der Aufzug immer schon da, wenn man außer Atem oben ankommt, zumal man ja noch in Windeseile die Wohnungstür aufschließen oder, falls der Schlüssel von innen steckt, klingeln muß. Ganz dumm ist dran, wer seinen Schlüsselbund versehentlich in einer Tasche mit in den Aufzug verfrachtet hat. Der muß wohl oder übel die Spirale von zweiundvierzig Stufen wieder runter – was man nicht im Kopf hat, muß man in den Beinen haben –, muß feststellen, ob der Fahrkorb oben angekommen ist – Erlöschen der grünen, Aufleuchten der roten Lichttaste –, und muß nun durch Druck auf Taste Nummer 1 den Aufzug wieder herunterholen. Die Lichtsignale springen um. Die Tür läßt sich öffnen. Die Taschen stehen so nebeneinander, wie man sie hineingestellt hat. Will man sie hingegen oben herausheben, sind sie jetzt hintereinander angeordnet. Man ist irritiert und denkt, der Aufzug kann sich doch unterwegs nicht gedreht haben. Das ist natürlich nicht der Fall, nur befindet sich die Tür oben an einer anderen Schachtseite als unten.

Das ist nicht die einzige Wunderlichkeit in Tante Theas Traumwohnung, dem Wolkenkuckucksheim, dem Nobelschuppen, wie Regine es nennt, der Hütte der Endzeit, so der Onkel lakonisch. Vom Ächzen des Holzes in Balken, Türen, Wandschränken war schon die Rede. Nachts kann man den Holzwurm ticken hören, die Totenuhr, und kann morgens winzige Häuflein grauen Mehls am Fuß der Stützbalken finden. Morgens tritt nicht nur Regine, da tritt im Nebenzimmer auch der Onkel ans Fenster. Es liegt im Ermessen des Nebels, ob Schiffe auf dem Fluß schwimmen oder ob nur Antennen, Schornsteine, Flaggen, Lichter geisterhaft vorübergleiten. Es liegt im Ermessen des Nebels, ob der Turm von Heilig Geist dem Kirchenschiff aufsitzt oder in schwappender Suppe steckt; ob der Wehrsteg ans andere Ufer führt oder ob die Passanten auf halbem Wege ins Wasser gehen. Vor Tau und Tag fällt einem Hölderlin nicht ein. Da denkt man eher an den Ururahnen mit den menschlichen archaischen Zügen, dessen Unterkiefer samt Weisheitszahn man in dieser Gegend gefunden hat: *Homo erectus heidelbergensis*, ältester europäischer Menschenrest. Das Schloß ist kaum in schwachen Umrissen zu erkennen, mitunter kann es aussehen wie vom Verpackungskünstler Christo in Folie gewickelt; der gegenüberliegende Berghang ist nicht auszumachen, das weiße Turmpaar der alten Brücke nicht, das Karlstor, das Schleusenhaus. Die Uferpappeln sind vom Nebel zu Masten gestutzt. Bei Südwestwind kann die Stimme des Schleusenmeisters durch den Dunst dringen, die über Funk einem Bagger oder Schlepper Befehle gibt.

Der Onkel geht ins Bad, da bleibt er eine Ewigkeit drin. Regine legt sich wieder ins Bett mit einem ersten Frühstück, das sie sich aus der Küche holt. Niemand verübelt es ihr, denn mit ihrer Gesundheit ist es nicht zum besten bestellt. Sie leidet an der Basedowschen Krankheit, ihr Heißhunger, ihre Mattigkeit, ihre Schweißhände erklären sich so, auch ihr Herzklopfen, von dem freilich nur sie selber weiß, wie nur sie weiß, daß die bei örtlicher Betäubung durchgeführte Schilddrüsenoperation vor zwei Jahren ihr nicht viel mehr gebracht hat als einen Schock beim Anblick der Röntgenkamera an den Deckenschienen, der grünen aseptischen Tücher, der randlosen Operationsmütze des Chirurgen, seiner erstickten Stimme hinter dem Mundschutz: Hoppla, dann wollen wir mal, kleines Fräulein, das werden wir gleich haben, bitte sprechen Sie, ich sagte sprechen, sprechen Sie. Ein Quetschpflaster, wo bleibt das Quetschpflaster.

Regine sollte regelmäßig zur Radiojodbehandlung in

die Uniklinik gehen, dann, prophezeien die Ärzte, würde sie bald beschwerdefrei sein. Sie hockt am Fenster. Was brütet sie aus? Nur zu den Mahlzeiten bequemt sie sich, aus ihrem Zimmer zu kommen, zur *Tagesschau* oder *Heute*-Sendung im Fernsehen.

Nicht selten durchquert sie die Diele, um sich im Bad die Hände zu waschen. Die Hände wäscht sie sich alle naselang, da kann man nichts machen, das kann man ohne Übertreibung Waschzwang nennen. Die Diele durchquert sie, um sich aus der Küche etwas zu essen zu holen. Da kann sie anreden, wer will, sie winkt ab mit der Häkelnadel, mit dem Lateinbuch, sagt auch schonmal Worte, die zu Tante Theas Zeiten Kraftworte hießen. Warum zum Teufel kann sich die Nichte nicht liebenswürdiger aufführen, ihre Kinderstube konnte sich schließlich sehen lassen. Thea jedenfalls leiht ihr nicht das Ohr, wenn sie sich beklagt, sie sei daheim immer nur das fünfte Rad am Wagen gewesen. Papperlapapp. Thea sagt: Gute Erziehung genossen. Du hast eine gute Erziehung genossen. Der Onkel räumt wenigstens ein, daß man das auch anders sehen kann. Er sagt: *Audiatur et altera pars.* Man höre auch die andere Seite. Er sagt: Es ist eben so. Eltern beschützen und beschädigen ihre Kinder. Er läßt sich aber rasch von Thea den Mund verbieten. Thea meint, Regine sei neuerdings in schlechte Gesellschaft geraten. Sie hat da so ihre Vermutungen. Wie Regine neulich die Wohnung gehütet hat – Tante und Onkel waren übers Wochenende zu einer der Töchter gefahren –, also da muß sich hier etwas abgespielt haben; besser, man stellt es sich nicht so genau vor; jedenfalls war die Tiefkühltruhe halbleer,

soviel konnte nicht einmal Regine verschlungen haben.
Und der Lift war kaputt. Jemand muß ihn überbelastet
haben. Die sehr nette Dame unter ihnen, die leider bald
ausziehen wird, hat die ganze Nacht kein Auge zugetan.

Nein, zur Erheiterung trägt Regine nicht eben bei.
Das sagt die Tante in einem anderen Tonfall zu ihrem
Mann als ihr Mann zu ihr. Thea ist drauf gekommen,
was los ist mit Regine: ein Mädchen, das Liebeskummer
hat, Beziehungsschwierigkeiten sagt man heute. Was
denn sonst. Aus allen je gelesenen Romanen – und
deren sind viele, unterhaltsame, intrigenreiche, in denen
Liebeskummer beschrieben wird – bezieht Thea die
Vision der liebeskranken Nichte. Diese Übellaunigkeit,
dieses Zugeknöpftsein, Gereiztsein, also Thea behaup-
tet, sich da auszukennen und läßt sich deshalb nicht
verdrießen, dem guten Kind abends ein Betthupferl aufs
Kopfkissen zu legen, obgleich, und das muß auch mal
gesagt werden und Thea sagt's mit dem Unterton
falscher Bescheidenheit, einem das verdrossene Mädel
schon zusetzen kann. Thea hat die Familie dazu erzo-
gen, in ihr einen Menschen zu sehen, der viel durchge-
macht hat und dessen Lebensleistung respektabel ist.
Lebensleistung ist das Wort, das man stets mit ihr in
Verbindung bringt. Wenn Regine sie kaum wahr-
nimmt, ihr sozusagen immer den Rücken zudreht auf
ihrem Sessel, durch die Diele geht, als seien alle anderen
Luft, es wundert Thea dennoch nicht und wurmt sie
schon gar nicht; so schnell reißt Thea der Geduldsfaden
nicht. Unglücklich Verliebte führen sich eben so auf. Es
ist unumgänglich, Tante Thea an dieser Stelle *Ich hab
mein Herz in Heidelberg verloren* trällern zu lassen.

Man sieht dem Kind ja an der Nasenspitze an, was die Stunde geschlagen hat. Aber zur Erheiterung, nein, zur Erheiterung trägt es nicht bei.

Ganz anders der Onkel. Für ihn wird Reginens Gegenwart zu einer Störung seiner wohlverdienten Ordnung und Ruhe. Die Kleine tut ihm nichts, das wäre ja auch noch schöner, aber ihr grämliches Herumhocken macht ihn nervös, ihre Händewascherei, ihre ewige Futterei, ihr Sich-Vorbeimogeln, wenn man in der Diele sitzt. Zwar ist der Onkel selber verstimmt von den Widerwärtigkeiten des Daseins. Bloß: Er hat ein Recht darauf, sich jetzt zurückzuziehen. In seinem Alter steht Resignation ihm zu. Aber ein junger Mensch von zwanzig! Der noch alles vor sich hat. Ich bitte dich. Mit zwanzig umarmt man noch die Welt. Mit oder ohne Liebeskummer. Nach Liebeskummer sieht Regine nicht aus, nein. Wie sieht sie aus? Es gibt da ein paar Fotos, Regine neben den Brüdern. Einer von ihnen wird es mit Selbstauslöser gemacht haben und sich schnell dazugestellt haben. Man soll es nicht für möglich halten, wie klein das Mädel sich machen kann. Die Kleine! Als nichts anderes konnte sie sich bisher erfahren. Manchmal kann sie einem richtig leid tun, schmächtig wie sie ist, ganz ohne den Reiz und Schmelz ihrer Jahre. Man würde ihr ja gerne helfen, aber wie? Wie hilft man jemandem, der aussieht, als habe er abends Angst, die Augen zuzumachen und morgens, sie wieder zu öffnen; der aussieht, als rede er sich in einsamen Monologen die Seele aus dem Leib; der plötzlich in sich hineinkichert oder vor sich hinbrabbelt. Manchmal kommt sie einem direkt unheimlich vor.

Wenn sie sich unbeobachtet fühlt, beißt sie sich sanft
auf die Lippen, das sieht aus, als küsse sie sich selbst.
Oft blickt sie einen an wie ein ertapptes Kind. Dabei
will ihr doch keiner was. Der Onkel denkt: Immer mit
den Tränen kämpfen, was gibt das für ein Gesicht. Er
hält Regine für genauso intelligent wie ihre erfolgver-
wöhnten Brüder. Wenn sie bloß nicht so verbiestert
wäre. Was soll dieses rat- und rastlose Aufbegehren
gegen alle und alles? Wem hat sie den Krieg erklärt?
Was für Rachegedanken brütet sie? Ihre Fensterbeset-
zung jedenfalls findet der Onkel gänzlich abwegig. Den
Satz, hier habe der Deibel, der Gottstehunsbei, seine
Hand im Spiel, wird er allerdings erst später sagen oder
vielmehr nicht sagen, sondern nur denken. Wenn Regine ihren schlechten Tag hat und alles tut, um sich
unbeliebt zu machen, redet er mit ihr nur zögernd und
behutsam wie mit dem Schneemenschen, der womöglich gar keine Sprache hat oder eine nie gehörte, weiß
man's? Mit viel Umschreibungen und Langstieligkeiten
versucht er beispielsweise, Regine auszureden, partout
Geschichte studieren zu wollen, sie soll das erst nochmal überschlafen. Geschichte sei in seinen Augen die
allerundurchsichtigste Angelegenheit der Welt, der
Wahnsinn schlechthin. Wörtlich sagt er: Was anderes
ist Geschichte als eine Farce, ein Spuk? In solchen sich
selbst beantwortenden Fragen redet er gern.

Aber da hat er bei Regine einen Nerv getroffen, der
bloßliegt. Sie tobt nicht schlecht. Da ist was fällig.
Undurchsichtig? Wahnsinn? Farce? Spuk? Sag das
nochmal. Geschichte ist herstellbar. Geschichte wird
gemacht, freilich nicht von Leuten, die sich Kuhglocken

und Serviettenständer zum Einstand schenken lassen und dafür noch danke sagen oder sich morgens mit dem Totaltauchschwerkopfrasierer rasieren, um sich dann behaglich die handgearbeitete türkische Blockmeerschaumpfeife zu stopfen. So ein Mumpitz. Warum flippst du nicht aus?

Du bist gut. Wie stellst du dir das vor? Soll ich auf meine alten Tage Schafe züchten und meine Pension, von der du hier ja auch ganz schön profitierst, dem Staat schenken?

Nein, zur Erheiterung ...

Thea, was Tante Thea ist, kupplerisch durchaus, lädt auch schon mal junge Leute ein, ehemalige Schüler ihres Mannes, beschlipste Jünglinge meist, die ihr und Regine die Hand küssen. Einer der jungen Männer, einmal einer ohne Schlips, hat Regine ein paarmal zu einem Altstadtbummel eingeladen, nicht in Traditionslokale mit der alten Burschenherrlichkeit, in Discos natürlich, einmal sogar in eine Disco nach Frankfurt, da können Männer für viel Geld nackte Mädchen mit Mandarinenscheiben und Schlagsahne garnieren und hinterher wieder abschlecken; also der kann mich mal kreuzweise, hat Regine gesagt, bleib mir mit deinen Typen vom Hals, die sind doch alle bloß affengeil und wollen einen anturnen, dieser Strizzi erst recht. Sie hockt sich ans Fenster. Sieht brummig, verdrossen aus. Der Griff ins Nackenhaar, das dicht, aber stumpf und widerborstig ist. Herzklopfen, Schweißhände, Heißhunger. Das Mädel mampft und mampft. Thea stellt ihr noch für die Nacht Obst und Schokolade ans Bett. Aber gegen die vorstehenden Schlüsselbeine, die Salznäpfchen, das ausgemergelte Gesicht kommt sie nicht an. Du mußt mehr aus dir machen, möchte sie ihr sagen. Sagt es aber nicht.

Regine am Fenster. Schauplatz ihrer tagtäglichen Krise. Das Gescheiteste ist, man dreht den übrigen Dachgeschoßbewohnern den Rücken zu. Der Onkel liest, druselt auch schon mal ein. Thea putzt, fummelt, saugt mit gleich drei Staubsaugern, einem voluminösen für die Teppichböden, einem kleineren für die Treppe, einem dritten für die Polstermöbel. Eine ordentliche Lotterwirtschaft wäre Regine lieber gewesen. Aber was soll's. Sie ist undankbar, klar. Sie häkelt.

Es gibt Augenblicke, da kann der Onkel, wie er sie so hocken sieht, Gedanken wie diesen denken: Ach, das Kind! Mit Männern, mit Vater, Brüdern, Freunden, konnte es bis jetzt wohl nur in der Niederlage bekannt werden. Wohin also mit den Gefühlen, die sie keinem entgegenbringen kann. Man müßte ... man müßte was? Man kann da nichts machen. Über seine eigenen Töchter hat der Onkel nicht halb so viel nachgedacht. Er stellt sich ans Fenster. Sehen er und Regine dasselbe? Den uneinsehbaren Wald, die geballte Wolkenfaust überm Schloß? Ein Flugzeug zieht eine wabernde Schrift über den Himmel. Was steht da geschrieben? Reisezüge und Reisebusse laden Touristen am Karlstor aus. Mit Kühltaschen, Klappstühlen und Kofferradios, ausgerüstet mit Filmkameras, Feldstechern, die ausgefalteten Reiseführer in Händen, kommen sie in hellen Scharen über den Wehrsteg, um sich einen Platz auf dem Treidelpfad zu sichern, denn heute Abend ist Schloßbeleuchtung mit Feuerwerk. Die Touristen, die sich einen Platz erobert haben, werfen Brot ins Wasser. Wie von Sinnen stürzen sich Möwen und Enten darauf. Von weit her kommen sie angeflogen. Wie verständigen sie sich? Bei geöffnetem Fenster kann man bis zur Alten Brücke sehen, noch dahinter heben die Enten ab und schießen flach übers Wasser bis in die kreischende Vogelwolke, eine Möwe reißt der anderen die Beute aus dem Schnabel. Nur die Schwäne, falls sie überhaupt kommen, segeln hoheitsvoll heran, wer so schön und groß und so weiß ist, hat es nicht nötig, mitzustreiten. Musikdampfer werden in den Schleusenkammern gehoben und gesenkt. Die Bauchrednerstimme des Schleusenmeisters gibt Befehle. Es rollt ein langer Güterzug voller schön glänzender Autos vorüber, ein anderer mit plattgewalzten Autowracks fährt in die entgegengesetzte Richtung, als sei das Schicksal der funkelnagelneuen Fracht von vornherein besiegelt. Nonsens gegen Idylle. Überschallschläge. Die Rotorblätter eines Hubschraubers knattern überm Haus. Dann geht ein heftiger, blasenschlagender Regen nieder. Vide, vide, die Schloßbeleuchtung wird doch nicht ins Wasser fallen. Wo denkst du hin. Nachmittags gießt die ewige Sonne ihr verjüngendes Licht über das alternde Riesenbild. Wie geschrieben steht. Und Thea erwartet Gäste. Man könnte übrigens glatt jedes Fenster, das auf das Schloß blickt, für harte Dollars an Schaulustige vermieten, die eigens von weither angereist kommen, um das Schloß in Flammen zu sehen und zu filmen. Denn das liebt die Welt an Deutschland: Heidelberg und nochmal Heidelberg. Vor allem die Amerikaner sind ganz versessen auf Heidelberg. Regine sieht überhaupt nicht ein, warum man die Fenster nicht vermieten, die harten Dollars nicht mitnehmen soll, aber schließlich ist sie hier nur geduldeter Gast, die kleine Großnichte. *Großnichte* sagt Tante Thea übrigens nie. Das würde Thea älter machen. Diese ewig sich zurückstehlende Jugend der Alten. Ob einem das selbst mal so gehen wird? Als *meine kleine Nichte* wird Regine Theas Freundinnen und Kränzchenschwestern vorgestellt, den Tunten, den krötigen Emmas. Thea wird doch nicht die Fenster ihrer Traumwohnung vermieten, ihre Lieben freuen sich ja seit Wochen auf diesen Abend und bringen diesmal Briefbeschwerer mit, Brieföffner, Zuckerlöffel mit dem Heidelberger Schloßwappen auf dem Silberstiel; aus Jux auch eine Glaskugel mit einem Miniaturschlößchen drin und wenn man's auf den Kopf stellt, schneit's. Zuerst, das heißt am späten Nachmittag, machen alle einen Spaziergang auf den Philosophenweg; müssen hier nicht alle Wege unweigerlich zu Hölderlin führen? Lange lieb ich dich schon ... Die Stadt liegt im Abendsonnenschein wie von Merian in Kupfer gestochen. Das Bild sucht seinesgleichen. Wieso stehen nicht auf jeder Felsnase Münzfernrohre mit Geldeinwurf, mit denen man sich für ein zwei Groschen jede Einzelheit der Stadtschönen voyeurhaft heranholen könnte?

Keine zehn Pferde kriegen Regine mit auf den Philosophenweg. Sie fühlt sich nicht an die Inszenierungen der Tante gebunden. Sie nicht. Sie muß pauken. Schließlich ist sie das erstemal durchs Latinum gefallen. Sie sagt dazu: Die Weisheit war hinter mir her, aber ich war schneller. Also nochmal von vorn, neuerdings mit Hilfe von Kassetten: *quaerare* heißt suchen, auch vergeblich nach etwas suchen; *investigare:* jemanden ausfindig machen; in freier Übersetzung könnte man auch sagen: den Spuren nachgehen, jemandem nachspüren; *expetere:* heftig nach etwas trachten; *mortem expetere* heißt jemandem nach dem Leben trachten.

Wie gesagt, Regine hat fürs Latinum gelernt. Ehrenwort. Na gut, sagt Tante Thea am nächsten Tag, aber laß die Flunkerei. Frau Ulrich hat dich am Karlstor gesehen. Mit einer Gruppe junger Leute. Warum auch nicht? Ist doch logo, daß du unter junge Leute gehst.

Manchmal gibt Tante Thea sich rührende Mühe, in Reginens Jargon zu reden. Sagt zum Beispiel: Das tut mir schrecklich sorry, oder: alles paletti, oder: heute bin ich fix und foxi.

Also Frau Ulrich will mich gesehen haben. Am Karlstor. Die spinnt. Alle spinnen.

Der Ton, Regine. Der Ton gefällt mir nicht. Du wirst immerhin zwanzig. Ich fasse dich ja schon mit Samthandschuhen an, aber diesen Ton lasse ich mir nicht bieten. Übrigens hat Frau Ulrich auch gesehen – aber da kann sie nicht beschwören, ob du dabei gewesen bist –, wie ihr Politikern auf irgendwelchen Plakaten Punkhaare und Zahnlücken oder Frankensteinzähne gemalt habt. Narrenhände beschmieren Tisch und Wände. Ich denke, du solltest dir nun bald ein Zimmer suchen, nicht erst nach dem Latinum. Sonst kann ich für nichts garantieren.

Jaja, *quaerere* suchen, *occidere* töten, *de medio tollere* aus dem Weg räumen. Und jedes Verb will konjugiert sein, die meisten sind auch noch unregelmäßig. Der Onkel, Pädagoge aus Leidenschaft, hat sich da was

ausgedacht, das schon manchem durchs Latinum gehol-
fen hat, und das er *die Büchse der Pandora* nennt. Du
weißt, Pandora war die Dame, welchselbe Zeus auf die
Erde schickte, nachdem Prometheus den Göttern das
Feuer stiebitzt hatte: Alle Übel flogen nun aus Pandoras
Büchse, wenn sie den Deckel öffnete, nur die Hoffnung, die blieb drin. Ich habe in der Schule noch
Goethens *Pandoras Wiederkunft* gelesen. Bildungsbal-
last. Ich weiß. Aber schließlich willst du Geschichte
studieren, oder hast du dich eines Besseren besonnen?
Nein, also dann ...

Was der Onkel die *Büchse der Pandora* nennt, ist ein
Zinnkrug mit Deckel, das einzige brauchbare Mitbringsel. Der Krug steht auf einem Tischchen in der
Diele. Jedesmal, wenn Regine vorbeigeht, langt sie in
die Büchse der Pandora und fischt ein zusammengeroll-
tes Zettelchen heraus, auf das der Onkel in seiner
Sonntagsschrift – die Buchstaben zittern – ein unregelmäßig konjugiertes Verb geschrieben hat. Dreimal laut
lesen, wieder zusammenrollen, in die Büchse zurück-
stecken. Also wirklich, die Methode ist gar nicht
schlecht. Die Büchse der Pandora steht neben dem
Telefon. Es läutet oft genug am Tag. Und immer wird
Thea verlangt, Regine nur selten. Hin und wieder erkundigt sich ihre Mutter nach dem Stand der Dinge,
will sagen, nach dem Latinum.

Diesmal mußt du es schaffen. Das wäre ja gelacht.
Ernst-Heinrich hat sogar sein Graecum im Nullkom-
manix geschafft.

Was soll man darauf antworten. Eines Abends, Reginens Mutter am Telefon, nimmt der Onkel, so ungern

er auch telefoniert, den Hörer ab, dann hört man ihn sagen: Du könntest dich auch einmal nach dem Ergehen deiner Tochter erkundigen, meine Liebe.

Das hat er gesagt. Überhaupt, mit dem Onkel will Regine schon klarkommen. Der Onkel kommt gut weg bei ihr. Sie hat ihn in ihr Herz geschlossen, diesen leicht brummigen Mann, auch wenn er die falschen Zeitungen liest und hauptsächlich um seine Gesundheit und Pension besorgt ist. Er erinnert Regine an ihren Großvater, dessen Bruder er ja ist, und beide sind zwei von sechs Söhnen eines legendären schlesischen Pastors, und beide werden nicht müde, von der Barockkirche zu schwärmen, einer ursprünglich katholischen, später protestantischen Barockkirche, wie üppig und wie echt die gewesen sei, kein Gips, mein liebes Kind, kein Holz, alles aus Stein gehauen; marmorne Völkerscharen, Propheten, Apostel, bärtiges Fußvolk, bei Zirkusspielen enthauptete Märtyrer wurden dem Kind vor Augen geführt und natürlich Engel, Engel mit Flügeln, Engelstürze, das Wort hat der Großvater gesagt, auch Taubenstürze unter der Kuppel, und beide Brüder bewegten die Finger der rechten Hand, wenn sie vom steingeschnitzten Handlauf der Kanzel erzählten, da kämpften Eidechsen und Kröten miteinander, Licht und Finsternis nämlich, noch im Traum, beteuerten der Großvater, der Onkel, könnten sie das ertasten, die Krötenrücken, die Eidechsenschwänze. Nur auf Fotografien hat Regine die Kirche gesehen, denn sie wurde Ende des Krieges dem Erdboden gleichgemacht. Noch öfter als ihre strotzende, schiefrunde Schönheit ist Regine die Zerstörung dieser Kirche geschildert worden mit Worten, mit denen man eine schicksalsschwere antike Tragödie erzählt. In einem Feuersturm sei zuerst alles aus edlen Metallen Getriebene geschmolzen, Kreuze, Kelche, ein Oblatenteller in Sonnenform, Mondsicheln und alle vier Glocken im Turm. Was übrig blieb, sei fast nichts gewesen, dagegen seien die Ruinen des Heidelberger Schlosses geradezu vollkommen. Wenn Regine sich recht erinnert, war ihr Großvater der einzige, der sie, als sie klein war, auf den Schoß genommen, ihr etwas vorgesungen, vorgebrummt, ihr etwas erzählt hat, und wenn er von der untergegangenen Kirche sprach, schämte er sich seiner Tränen nicht. Die Eltern und die drei großen Brüder hat Regine nie weinen sehen, eigentlich auch nie recht lachen und schon gar nicht singen. Aber wenn Großvater ins Zimmer trat, so ist es Regine erinnerlich, war's, als brannten nicht die Sparfunzeln in den Lampen, sondern Hundertwatt-Glühbirnen. Es ging ein Licht von ihm aus, oder es fiel auf ihn. Wie alt war sie, als ihr Großvater ins Altenwohnheim abgeschoben wurde? Zwölf? Richtig, zwölf. Da kann sie wohl nicht mehr auf seinem Schoß gesessen haben. Oder doch? Mit zwölf wurde sie ins Internat gesteckt, mit dreizehn ins nächste und dann nochmal ins übernächste. Ab durch die Mitte. Sela. Ein Lebenslauf.

Der Onkel läßt sie meistens in Ruhe. Das ist auch schon was. Er kann von Glück sagen, daß er seinem Bruder so ähnlich sieht, wie er ausgerüstet mit Stock und Hörbrille, dasselbe Augenschließen, wenn die anderen so daherreden, dieselben Goethe-, Hölderlin-, Lutherzitate und wie weiland Luther können beide jemandem die Kehrseite zudrehen, wenn sie Unheil wittern. Da kann er dreist von gestern sein, der gute Onkel, kann über Geschichte und Politik ganz anders denken, kann ein völlig falsches Bewußtsein haben, ein verstockter Intelligenzler oder ein erfahrener Skeptiker, wie man's nimmt, bei Regine hat er einen Stein im Brett. Ein Mann vom Schlage ihres Großvaters. Wie er schraubt er die Kappe seines altmodischen Füllfederhalters ab und schreibt an seinen Bruder.

Ob in seinen Briefen auch von ihr, Regine, die Rede ist, dem Ginalein, wie der Großvater sie nannte?

Was machst du bloß für Sachen, Ginalein, Hans-Wilhelm hast du Juckpulver ins Bett gestreut und Karl-Eberhard die Zahnklammer versteckt. Na ja, große Brüder. Sei kein Frosch und entschuldige dich. Es ist ja nur ein Wort: Entschuldigung. Komm, wir üben es mal. Na? Ent—Ent—Entengrütze. Auweia. Großvater konnte Tränen lachen. Und Tränen weinen. Regine will gar nicht wissen, was alles über sie in den Briefen stehen könnte. Fleißig ist sie, das muß man ihr lassen, hockt den ganzen Tag am Fenster und paukt. Aber sonst, zur Erheiterung, nein, zur Erheiterung … Sie hätte ihren Großvater längst wieder einmal besuchen sollen im Altersheim. Könnte es sein, daß sie seine Stimme nicht hören, seine Blicke nicht sehen kann?

Es amüsiert Regine, daß ihr Onkel dieselben Geschichten mit fast denselben Worten wie ihr Großvater erzählt: Kannst du mir vielleicht sagen, wann ich mehr Herzklopfen gehabt habe, beim Solosingen in der Kirche – das war vor dem Stimmbruch, weißt du – oder beim Warten auf die beiden Zirkuswagen, die zweimal im Jahr in unser Dorf kamen? Ein Kochtopf baumelte

an der Wagendeichsel und ein leibhaftiger Elefant lief
hinterher und schien die ganze Chose mit seinem Rüssel
zu schieben.

Wenn Thea dabei ist, erzählt der Onkel solche Geschichten nicht. Wenn Thea dabei ist, redet Thea. Wie
hält ein Mann das aus, diese zwitschernde Lebendig-
keit, dieses ganze Drumherum mit drei Staubsaugern.
Vielleicht ist er nur deshalb Frühaufsteher geworden,
weil Thea länger schläft. Frühmorgens hat er die ganze
Wohnung für sich.

Der Herr Professor am Fenster. Ein Januskopf aus
Opa und Onkel. Was gibt's für ihn zu sehen, wenn die
Nebel sich heben, oder sagt man, wenn die Nebel fallen,
verdunsten, verrauchen, sich in Nichts auflösen. Für
einen Fehlsichtigen wird das rote Sandsteinschloß womöglich zum Vexierbild, das bei längerer Betrachtung
umspringt, so daß seine Umrisse und der Hintergrund
ihre Funktion vertauschen. Oder es stemmt sich, das
besungene Riesenbild, auf geböschte Felsnasen über
den Fluß und sieht aus wie der versetzte Loreleyfelsen,
auf dem noch eine Nebelfahne weht.

Reginens Onkel am Fenster. Wie er da steht, gelangt
er meistens zur Empfindung eines leichten Schwindels,
besonders an Morgen, an denen das Wasser rasch da-
hinströmt und keine einzelne Welle sich heraushebt.
Tage gibt es, da macht der Wind, daß der Neckar
rückwärts fließt. Wie die Zeit. Im Alter fließt die Zeit
allen physikalischen Gesetzen zum Trotz rückwärts.
Man lebt von der Hoffnung, daß Vergessenes einem
wieder einfällt, wie die Passionsblume sich zurückfal-
tet, wie ein Sperling sich aufplustert und heräugt, eine

Spinne ihr Radnetz spinnt und hinter ihr ein Faden zu
Seide erhärtet, wie ein metallisch glänzender Schwarm
Stare sich im Nu zu einem Keil ordnet. Das hat man
zum erstenmal als Kind gesehen und sieht es wieder.

Nachmittags Punkt drei begibt sich der Onkel auf
den Philosophenweg oder über die schöne siebenbogige
Brücke auf's Schloß. Bei manchen Beleuchtungen spie-
geln die halbrunden Brückenbögen zu Kreisen. Kurz
vor Kriegsende glaubte man, die Brücke noch sprengen
zu müssen, um den Feind aufzuhalten. Später dann hat
man Stein für Stein aus dem Neckar geborgen und
getreulich wieder aufgebaut, was unzerstörbar sein soll.
An windigen Tagen lassen Kinder auf den Uferwiesen
Drachen steigen. Es ist nicht zu unterscheiden, was sie
an der Strippe haben, schaukelnde Drachen oder schaukelnde Möwen. Der Onkel bleibt stehen, ein heiliger
Nepomuk, der für den Schutz der Brücken und für die
Standhaftigkeit des Glaubens zuständig ist, ein unwilli-
ger Zeitgenosse, der sich lieber andere Zeitgenossen
ausgesucht hätte als die des Jahres 1981.

Selten benutzt er die Bergbahn, um aufs Schloß oder
auf den Königsstuhl zu gelangen. Heidelberg muß man
von oben sehen. Eine Traumstadt? Sicher, eine Traumstadt. Begleitet Regine den Onkel schon mal? Es
kommt vor. Schwer atmend betrachtet er das hingebrei-
tete Tal und verzieht den Mund. Das soll ein Lächeln
sein. Wann erscheinst du mir ganz, Seele des Vaterlan-
des ...

Vornehmlich auf dem Schloß, beim Umherschlen-
dern in den Gärten, im Innenhof, auf der Terrasse, beim
Verweilen vor Nischen, in denen Statuen stehen, unter

wappenhaltenden Löwen und flankierenden Torriesen ist's dann doch unumgänglich, daß der Onkel auf die Geschichte zu sprechen kommt, obwohl er sie für eine Farce hält, einen Spuk. Wie von selbst läßt er die Kurfürsten und Pfalzgrafen Revue passieren, die Ottos, Ludwigs und Adolphs, die Ruprechts und Carls mit den eindrücklichen Beinamen der Erleuchtete, der Strenge, der Einfältige, der Bärtige, Fromme, Aufrichtige. Machtkuddelmuddel, denkt Regine. Sagt es auch schon mal: Machtkuddelmuddel. Wer hat denn, bittesehr, hier geschuftet bei den ewigen Erweiterungen und Umbauten, um das Ganze immer noch feudaler und pompöser zu machen? Mein lieber Schwan. Die Herren Kurfürsten und Pfalzgrafen waren es jedenfalls nicht, die haben Kriege geführt. Und Blut vergossen. Oder wie sehe ich das. Recht geschah den Herren die Reihe der Zerstörungen, die Feuersbrünste, Plünderungen, Gegenkriege, der Blitzstrahl aus dem Himmel schließlich und endlich, der alles vollends unbewohnbar gemacht hat. Zurück blieb dieser Haufen Steine. Und wenn nicht eines schönen Tages dieser Dingsda, der hochadlige Franzos' angereist wäre, nur in der Absicht, die berühmte Ruine zu skizzieren, gäbe es heute überhaupt kein Schloß mehr. Der Graf blieb für den Rest seines Lebens hier, der Gralshüter von Heidelberg gewissermaßen, denn die Bürger hätten glatt auch noch den letzten Sandstein ausgebrochen und weggekarrt. Wo man jetzt steht und staunt, wäre ein Steinbruch, kein Mekka für Touristen, denen leicht das Geld aus der Tasche zu ziehen ist.

Wenn der Onkel ihr zuhört – und er hört ihr auf-

merksam zu, die linke Hand am linken Ohr, spähend
überdies, als könne er Lippenlesen, er ist vielleicht der
einzige, der ihr jedes Wort abnimmt –, wenn also der
Onkel ihr zuhört, schwadroniert Regine drauflos, findet Wörter, die sie sonst nicht findet, setzt die Adjektive
an die richtigen Stellen, ja, sie wundert sich über sich
selbst. Auf dem Schloß spielt Regine sich als rebellische
Fremdenführerin auf, auch wenn, wie sie grinsend sagt,
ihr Revoluzzergelabere dem Onkel tierisch auf den
Keks geht. Gib es zu. Sie pflanzt sich vor ihm auf; und
wenn der Onkel in solchen Augenblicken den Wuschelkopf sagen wir mal an seine Brust gezogen hätte, wer
weiß, ob dieses Kind nicht ...

Aber das sind Spekulationen. Dieses Kind sagt lauter
als nötig, damit es auch die herumstehenden Touristen
hören: Und jetzt können nicht mal mehr die Steine
atmen, zerstört bis ins Steininnere bröckeln sie und
bröckeln.

Ist der Onkel ein bißchen stolz auf seine Nichte?
Schwer zu sagen. Führt er wieder mal das Licht an, das
siegen muß, seine Eidechsen mit den nachwachsenden
Schwänzen? Hier oben huschen tatsächlich Eidechsen,
da, hast du gesehen, eine grüne Smaragdeidechse. Und
einmal auf einem verfallenen Fenstersims eine Kröte,
plump, warzig, lappig, schon fast wieder schön vor
Häßlichkeit. Lausige Viecher, sagt Regine und schüttelt
sich.

Doch zurück zum Tag der Schloßbeleuchtung. Ein
Brillantfeuerwerk ist angesagt. Kommt, Leute, kommt.
Das Schloß in Flammen, der Neckar in Flammen. Vier-
burgenbeleuchtung. Was noch? Thea nimmt die Ova-

tionen ihrer Besücher entgegen, als habe sie eigenhändig
das Schloß angezündet, und nun ist jedes Fenster vom
Feuer erhellt, nun lecken die Flammen an dem alten
Gemäuer, ein Riesengemälde wahrlich, lichterloh bren-
nend; Thea strahlt, als sei sie es, die die Leuchtkugeln in
den Himmel steigen läßt, Sternchen, Blüten, Fächer,
rotierende Sonnen, rot, grün, gelb, weiß, wie Indianer-
schmuck, Funken, Rauch und Knalleffekte. Beflaggte
Musikdampfer ziehen vorbei, sie heißen Pegasus und
Neckarperle, Alt-Heidelberg und Schloß Heidelberg.
Aber wir können das Feuerwerk nicht hochgehen, das
Schloß nicht wie anno 1689 und 1693 in Flammen
stehen lassen, ohne zu erwähnen, was Regine dazu
meint: Spektakel. So wird aus Geschichte Spektakel
gemacht. Und Geschäft. Klar. Habt ihr eigentlich gewußt, meine Herrschaften, was vor Jahren in Flammenschrift über dem Neckar zu lesen war? Dreimal
dürft ihr raten. *Heil Hitler Heil Hitler* war da zu lesen.
Und wenn ihr's nicht glauben wollt, hier steht es geschrieben. Bittesehr.

Regine lehnt es ab, zwischen Thea und ihren Kränzchenschwestern am Fenster zu stehen und zu gaffen,
zumal eine der enthusiastischen Damen sie nachmittags
entdeckt haben will. Mit einer Gruppe junger Leute, die
ausgesehen haben soll ... naja, Tante Thea behält lieber
für sich, wie die angeblich ausgesehen haben soll. Sie,
Thea, wisse aber aus Erfahrung: Zeige mir deine Freunde und ich sage dir, wer du bist. Aber mit Erfahrungen
dürfe man dem Fräulein Nichte ja nicht kommen. Na
schön. Ihr solle es schließlich einerlei sein, in welchen
Kreisen Regine verkehre. Im Gegensatz zu Reginens

Mutter habe sie stets sich um ihre Töchter gekümmert, weshalb diese denn auch ...

Spätestens hier hält Regine sich die Ohren zu. Tante Theas Töchter sind ungefähr das Letzte, das ihr imponieren könnte. Eine ist zur Schloßbeleuchtung angereist. Die Brigitte. Und wer es noch nicht wissen sollte: Brigitte heißt Brigitte, weil ihre Mutter vor ihrer Geburt sich Schnitte für Umstandskleider aus Modeheften herausräderte, auf denen *Sei sparsam Brigitte nimm Ullsteinschnitte* geschrieben stand. Da konnte denn anderes nicht herauskommen als diese feingemachte Brigitte mit der Brille und der pimprigen Stimme, eine gebildete, wohlunterrichtete Dame, die von nichts eine Ahnung hat, von gar nichts. Am ausführlichsten erzählt sie von ihrem Zweiherdeherd mit dem Glaskeramikfeld, das sich so wunderbar sauberhalten lasse. Brigitte spart ja sonst an allen Ecken und Enden, ihr Mann weiß, was er an ihr hat. Aber dieser Herd ist kein Luxus. Man kocht gleich nochmal so gern. Brigitte beschwört ihre Mutter, sich auch einen Zweiherdeherd anzuschaffen. Du wirst sehen, das ist ein Riesenspaß. Da würde sogar Regine den Kochlöffel schwingen. Kannst du überhaupt kochen, Kleine?

Als angehende Studentin wird man so dämliche Sachen gefragt. Fehlt bloß noch, daß Brigitte sich erkundigt, ob die Kleine ihr Herz in Heidelberg verloren habe.

Thea, die nichts mehr haßt als Auseinandersetzungen, schiebt Tochter und Nichte auseinander und erklärt, sie habe im Augenblick anderes im Sinn als einen Zweiherdeherd.

Was noch fehlt, um die Wohndiele komplett zu machen, sind eine Stehlampe, bei deren Licht man auch lesen kann, und eine Standuhr. Der Raum schreit geradezu nach einer Stehlampe und einer Standuhr, findet Tante Thea und schleppt die Lampe eines Tages selber an, die sie gottweißwo erstanden hat: ein runder Messingfuß, ein mannshohes Messingrohr, dem eine nach oben offene Schale aufsitzt, die aussieht, als solle das olympische Feuer in ihr entfacht werden. Und es hatte doch eine Leselampe sein sollen. Du meine Güte. Der Onkel schüttelt den Kopf; ihm habe eher eine Lampe im Tiffanystil vorgeschwebt. Regine grient, grinst, feixt, lächelt nachsichtig, man weiß es nie bei ihr. Aber Tante Thea findet das gar nicht komisch. Sie ist den Tränen nahe. Lesen kann kein Mensch beim Licht der neuen Leuchte, aber wenn sie jetzt abends brennt, turnen die Schatten derer, die sich im Raum bewegen, an den Balken.

Dessen ungeachtet marschiert Thea wieder los. Ist sie nicht zu beneiden um ihre Unverdrossenheit? Eine Standuhr muß es jetzt sein. Der Onkel ist viel zu nobel, um zu sagen, was er denkt. Regine meint kauend, so generös sei ihr Vater nie, er gebe ihrer Mutter keine Bankvollmacht. Diese ewigen Querelen ums liebe Geld, echt ätzend sei das zu Hause. Regine ist wirklich gespannt, was Tante Thea diesmal anschleppen wird. An ihres Onkels Stelle würde ihr angst und bange werden.

Tante Thea, wir sagten es schon, schätzt sich glücklich, in einer so überschaubaren, durchwohnten Stadt wie Heidelberg leben zu dürfen, einer unzerstörten obendrein. Krieg? Bomben? Flucht? Heidelberg hat seine grausigsten Zerstörungen schon lange hinter sich. Wer wie Thea die alte Heimat verloren hat, konnte in Heidelberg eine neue finden. Thea liebt es, täglich die gleichen Straßen zu gehen, modebewußt gekleidet, versteht sich. Sie liebt es, bei ihrem Kaufmann zu kaufen, bei ihrem Fleischer, in ihrem Kaffeegeschäft, wo man sie kennt und mit Namen und Titel ihres Mannes anredet. Der Verkäufer im Zeitungskiosk streckt ihr jeden Donnerstag das Neueste vom Neuesten entgegen: Für Sie, gnädige Frau. Alles über Herrscherhäuser, die nicht mehr herrschen, Könige und Königinnen, die nicht mehr auf ihren Thronen sitzen. Alles über Anastasia, Bambiverleihungen und zusammengewachsenewiedervoneinandergetrennte Zwillinge, Kurzkrimis, Kopfnüsse, Reisetips, kleingedruckte Erotik-Hits. Thea gibt ja zu, daß sie immer zuerst nach den Horoskopen blättert: Ihre Beliebtheit kennt keine Grenzen, unerwarteter Besuch schneit Ihnen ins Haus, besonders Jungfrauen dürfen auf freudige Überraschungen gefaßt sein.

Thea liebt es, die Ramschtische vor den Buchhandlungen zu durchstöbern. Die meisten ihrer Romane stammen daher. Es stört sie kein bißchen, wenn die Leute auf der Hauptstraße sich knubbeln, im Gegenteil, sie ist stolz, daß Reisegesellschaften von weither nach Heidelberg kommen; denn das liebt laut *Stern*-Umfrage die Welt an Deutschland:

Heidelberg
Götterdämmerung
Kölner Dom
Kuckucksuhren
Goethe
Dackel
Sauerkraut
Loreley
VW-Käfer
und *die Gemütlichkeit*

In dieser Reihenfolge. Heidelberg obenan. Hiergewesensein ist alles. Die fremden Sprachen klingen wie Musik in Theas Ohren. Nichts findet sie kurzweiliger, als mitzuschlendern im Touristenstrom oder im Zuckeltempo mit der Pferdekutsche zu fahren, selber Touristin zu mimen und ein Gesicht zu machen, als sehe sie's zum erstenmal, und da alles bei ihr eine Wertschätzung erfährt, die an Schwärmerei grenzt, berichtet sie von jedem Einkaufsbummel wie von einer eigens für sie inszenierten Revue. Oft fängt es am Bismarckplatz mit indischem Hare-Krischna-Singsang an. Einmal hat Thea sich in ein Gespräch mit einem der gelbgewandeten, kahlgeschorenen Jünger eingelassen, der habe ihr Schale, Stab und Bettelsack hergezeigt, diese drei Dinge genügten ihm, um seine Seele zu läutern und um dem neuen Weltentag entgegenzuwandern; auch von einem Weltei habe er gesprochen, mit so leiser Stimme, daß

Thea ihn kaum habe verstehen können; sie habe gar
nicht mehr gewußt wie weiterkommen, als ihr ihr eige-
ner unentfalteter Zustand vorgehalten worden sei. Jeder
Mensch, so die leise Stimme, wandele in verschiedenen
Leibern einher, bis er das Ziel völliger Vergeistigung
erreicht habe. Nie wieder wird Thea sich das antun und
hier stehenbleiben.

Ein richtiger Dudelsackpfeifer pflanzt sich vor der
Hofapotheke auf, zu komisch, wie der den Ledersack
aufbläst und unterm Arm wieder zusammendrückt;
nicht selten machen junge Leute ein paar Tanzschritte
zu der schrillen Melodie, auch ihr, Thea, fährt es jedesmal in die Beine, aber sie traut sich dann doch nicht
mitzutänzeln.

Am Kurpfälzischen Museum hockt ihr Zitherspieler;
gekonnt zupft und streichelt er die Saiten, ein Augen-
und Ohrenschmaus, schwärmt Thea, die bloßen Finger
der linken Hand pflücken die Töne ab, am rechten
Daumen hat er eine Art Schlagring. Sagt man so? Man
sieht, wie durchtrainiert seine Hände sind. Also nie geht
Thea an solchem Musikus vorbei, ohne ein Fünfzig-
pfennigstück in den Hut fallen zu lassen. Dem Stehgei-
ger am Uniplatz wirft sie manchmal sogar ein Mark-
stück in seinen Geigenkasten. Sie hat den Eindruck, der
spiele nur ihr zuliebe die *Caprifischer*. Leute, die Thea
Almosenempfänger nennt, teilt sie ein in Bettler und
Schnorrer. Bettler sind die, die am Straßenrand sitzen.
Die guckt sich Thea sehr genau an, und nur den ganz
alten, gebrechlichen gibt sie etwas, die jungen sollen
gefälligst arbeiten, wer wirklich arbeitswillig ist, findet
auch heute was Passendes; was aber die Schnorrer

betrifft, die einen anrempeln und dreist und gottes-
fürchtig fragen, ob man nicht rein zufällig ein Mark-
stück für sie habe, die gehören eingebuchtet. Thea trägt
auch im Sommer Handschuhe, selbstgehäkelte, denn
Münzen, die durch so viele Hände gehn, sind die
schlimmsten Bazillenträger, ja, was wollte sie noch
sagen, jetzt hat sie den Faden verloren, ach richtig. Hat
sie schon von dem jungen sympathischen Pärchen erzählt? Die kleine Frau legt sich mit dem Rücken auf
einen Scherbenhaufen, der Mann stellt sich mit seinem
ganzen Gewicht – und er ist ein stämmiger Kerl – auf
ihren Bauch, mindestens eine Minute bleibt er auf ihrem
Bauch stehen, und wenn er wieder runtersteigt, erhebt
die junge Frau sich lächelnd, unversehrt, völlig unemp-
findlich. Lächelnd sammelt sie Geld ein für ihre Un-
empfindlichkeit. Und dann das andere Paar, ein bißchen schmuddeliger als das mit dem Scherbenhaufen,
eins mit vier Kindern, ein Kind auf Vaters, eins auf
Mutters Rücken, eins rennt schon rum, eins liegt noch
im Kinderwagen, und das fünfte, Thea hat schließlich
Augen im Kopf, läßt nicht mehr lange auf sich warten.
Der Mann bedient mit einem Bein ein Schlagzeug, an
dem anderen hat er Schellen, in der rechten Hand ein
Tamburin zum Schütteln, in der linken auch noch
irgendwas, das Krach macht, eine Art Knarre; die junge
Frau bewegt sich rhythmisch auf der Stelle, hebt das
eine, hebt das andere Bein, das Köpfchen des Kindes
schaukelt hin und her, das arme Wurm muß ja rammdö-
sig werden; mit einer Piepsstimme singt die Frau was
auf Englisch, man hört es kaum, egal, Thea findet, die
Leute sollten, wenn schon, deutsch singen hier in

Deutschland, nur von wegen der viereinhalb Kinder läßt Thea auch hier ihren Fünfziger liegen; als sie noch klein war, da hat sie einmal Hühner auf heißer Herdplatte tanzen sehen, so kommt ihr die junge Frau vor, ein Huhn, das vor Schmerz das eine, das andere Bein hebt und nicht anders kann als immer wieder auf den Boden zurück, denn fliegen, das schafft sie auch nicht. Thea möchte wirklich wissen, aus was für einem Haus eine so hübsche, kleine Frau kommt, ein halbes Kind noch und hat selber schon wieder vier. Dulieberhimmel. Da hat wahrscheinlich die Mutter versagt. Oder der Vater. Thea schlendert weiter. Ein Auto mit hochgeklappter Motorhaube und offenem Kofferraum dreht sich auf einem Sockel, in einem Schaufenster drehen sich Hähnchen am Grill, in einem anderen geschnitzte Engel in Kerzenwärme, als ob immer Weihnachten sei; Thea dreht ausgesprochen gern an den Postkartenkarussells, da hat man Heidelberg vom Unterkiefer des Vormenschen bis zum brennenden Schloß auf einer Gedächtnissäule. Neuerdings sammelt Thea Postkarten von den alten Filmstars aus ihrer Jugendzeit, die wieder ausgegraben wurden und weiterspielen in den Schwarzweißfilmen im Fernsehen. Tante Thea, wenn sie durch die Hauptstraße geht – und sie geht fast täglich in der warmen Jahreszeit –, bleibt jedesmal vor der Drogerie stehen, über deren Eingang der Teddy Pustefix schöne schillernde Seifenblasen bläst. Thea steckt die Nase in die Luft und schnuppert den Duft von Gebratenem und Gebackenem, oder sie läßt sich von einem makellos, einem vollendet geschminkten Mädchen verschiedene Parfüms auf den Handrücken tupfen, bleibt stehen vor dem großen bunten Stadtplan, auf dem der Neckar tintenblau fließt und der blaue Himmel voller Straßen und Gäßchen hängt. Thea liebt holzeingerichtete Naturkostläden und Biogärten. Thea liebt die Blicke in Torbögen; man geht durch den einen, den anderen und betritt englischen Boden und das neunzehnte Jahrhundert; Thea liebt diese gepflegten Traditionslokale, ihr unvergleichliches Flair, wie sie sagt; hier tut sie sich gütlich und schlürft ihren Tee. Wer will es ihr verwehren. Reginens Nörgelei, ihre Brunnenvergiftung, Nestbeschmutzung, ficht sie nicht an. Thea will nicht nur immer das Schlimme sehen. So kann man ja nicht leben. Sie stöbert gern in Galerien, Antiquitätenläden, auf dem Trödelmarkt (wenn sie bloß keine Uhr kauft!). Sie liebt es, mit Teppichen, Gobelins zu liebäugeln, mit echten Brüsseler Spitzen oder süßen Spitzengardinchen, mit Wandtellern, Vasen, Nippes, Meissen, Rosenthal, Delft, odumeingott, was hat der Krieg ihr, Thea, nicht alles genommen. Nun also liebäugelt sie mit Krokotaschen, blaßrosa Perlenketten, sogar mit ägyptischem Schmuck. Nachbildungen der Tutanchamon-Grabbeilagen. Sie kennt sich aus, oja. Aber haben muß sie nicht mehr alles, gottbewahre. Einfach aus der Freude heraus, im Geiste, einkaufen, kaufen ohne Geld, so in der Vorstellung, das macht einen Heidenspaß, ist ein kurzweiliges Vergnügen. Sachen aus aller Herren Länder bestaunen: Isländisches, Mexikanisches, Griechisches, Afrikanisches, Asiatisches, Indianisches. Thea befühlt gewaschene und gekämmte Schafwolle, reine knisternde Seiden, sie hätte Lust auf einen Web- oder Zuschneidekurs. Vorbei geht sie nur an den Jeans-Palästen mit dem hautengen und schlodderigen Zeug. Was ihre Garderobe betrifft, sie hat ihren Stil gefunden, den sie unauffällige Eleganz nennt. Die Hauptstraße ist ihr Laufsteg, hier verlustiert sie sich. Hier setzt sie sich ins Bild.

Daß die Studiosi, so Thea, nicht mehr wie früher in den deutschen Universitätsstädten kenntlich sind durch Schirmmützen mit bunten Bändern, findet sie schade. Fast täglich trifft sie den letzten traurigen, unentwegten Hippie mit seinem Stirnband und all seiner Habe, die er im Jutesack mit sich schleppt, ein knurriger Stadtindianer, der rüstig ausschreitet. Bei Thea fallen alle, die aus der Reihe tanzen, unter *Halbstarke:* Gammler, Punks, Freaks, New Waves, Yuppies. Wie soll sich da einer durchfinden? Und wie man's ausspricht, genau, Straßenlatein.

Erstaunlich, daß Tante Thea überhaupt wieder auftaucht im Menschenstrom, da, wo das hymnisch besungene Schloß vom Berg lugt. Sie verspätet sich immer, sie hat Hinz und Kunz getroffen, Kränzchenschwestern, ehemalige Schüler ihres Mannes und wen noch alles. Nun aber im Laufschritt auf Stöckelabsätzen über das Kopfsteinpflaster einer abschüssigen Gasse zur Alten Brücke. Tauben trippeln zur Seite. Der dämliche Brückenaffe hält einem seinen Spiegel hin:

Was thustu
mich angaffen
Hastu nicht gesehen
den alten Affen
zu Heydelberg

43

sieh dich hin und her
da findestu wol
meinesgleichen mehr

So ein Quatsch. Den beiden bekleckerten Theodors sollte man endlich den Taubendreck von Hermelinen und Perücken schrubben. Auf dem Schild des einen der abgeschlagene Kopf mit heraushängender Zunge. Ekelhaft. Thea hat sich für das Schöne im Leben entschieden. Das läßt sie sich nicht nehmen.

Eine Standuhr hat sie, zum Glück, nicht gefunden, dafür aber eine lichtgesteuerte Markise für den hinteren Balkon.

Immer ist nur von Schloß- und Neckarblick die Rede. Als ob die hintere Aussicht nicht auch sehenswert wäre, denn hier weiden Rehe. Unterhalb des breiten Dielenfensters hängt ein Balkon, dreimal vier Meter, ein überdimensionales Schwalbennest, ein Solarium im Sommer, uneinsehbar für jedermann, es sei denn, einer hätte sich verstiegen und käme den fast senkrechten, weglosen Berg heruntergekraxelt. Der Hang über den steilen Felsen ist mit wilden Kirschbäumen, Birken, Fichten und Brombeergestrüpp bestanden, vielmehr war mit wilden Kirschbäumen, Birken, Fichten und Brombeergestrüpp bestanden, denn im schönen Monat Mai zog ein neuer Mieter, jung, beschlipst, gescheitelt, in die Parterrewohnung, und der hatte nichts eiligeres zu tun, als mir nichts dir nichts eine Schneise in die bewaldete Bergseite schlagen zu lassen. Blühende Kirschbäumchen, junge Birken im glatten, jungen Laub, sogar eine Fichte wurden umgelegt.

Hallo Sie, dürfen Sie denn das? hat Regine geschrien, und der neue Mieter ist zuvorkommend auf eine Felsnase geklettert, die dem Balkon am nächsten ist, hat sich mit formvollendeter Verbeugung vorgestellt und erklärt, er habe die ausdrückliche und schriftliche Genehmigung des Hausbesitzers, hier Stufen und auf halber Höhe einen Grillplatz anzulegen. Er sei nämlich, hat das Mensch gesagt, zweiter Chargierter seiner Verbindung und bereite die Festlichkeiten und Ausflüge vor.

Aber hier weiden Rehe, rief Regine erbost. Hier singt eine Schwarzdrossel. Und die Bäume ...

Wachsen nach, gnädiges Fräulein, wachsen nach. Die Stufen werden nur einen Meter breit.

Die Stufen führten eine Woche später auf einen schön geebneten Grillplatz; und dort, o alter Burschen Herrlichkeit, delektieren sich bald die Studenten, die Tante Thea im Straßenbild von Heidelberg vermißt, die bunt bemützten, bebänderten, die singenden, und, wer hätte das gedacht, die schlagenden. Das gibt es wieder. Regine beruhigt sich nicht: Blühende Kirschbäume fällen ist nicht ehrenrührig. Man sollte hier ausziehen. Über kurz oder lang wird das ein Verbindungshaus. Verlaßt euch drauf. Dann Traumwohnung ade.

Aber Thea kauft eine Markise für den hinteren Balkon. Der Onkel atmet auf. Er selber will sich nun nach einer Standuhr umsehen. Eine alte schlagende soll es sein, eine mit langem Pendel, und ein durch ein Zertifikat belegtes Original. Es hilft alles nichts, er muß es eben auf sich nehmen, in der Innenstadt nach einschlägigen Geschäften zu suchen. Damit ist besiegelt: Die Standuhr wird nie gekauft werden, denn der Onkel

meidet die Innenstadt, wo immer er kann. Das Durch-
einanderwuseln vieler fremder Leute behagt ihm nicht
und nicht das marktschreierische Gebaren.

Was sieht er, wenn er sich seinen Weg bahnt in der
Vaterlandstädte ländlich schönster, kleinschrittig, mit
kleiner gewordenen Augen? Der Dudelsackpfeifer vor
der Hofapotheke, das erzählt er einmal, komme ihm
vor wie jemand, der Wiederbelebungsversuche an sich
selber mache, wenn er so rhythmisch den Ledersack an
seine Brust drücke. Regine merkt sich seine Sätze und
gibt sie anderswo als ihre eigenen aus. In der Hauptstraße ist dem Onkel alles geläufig und fremd. Trotz seines
Gliederreißens kehrt er nirgendwo ein. Nur hin und
wieder eine Verschnaufpause vor einem Schaufenster.
Da lehnt eine fußballgroße, spiralförmig aufgewunde-
ne, versteinerte Schale. Da steht eine hölzerne Wiege
voller Messer und Korkenzieher. Da sind schrumpfen-
de Bäumchen, denen man die Triebe ausgekniffen, die
Wurzeln eingeengt hat. Stehen bleibt er auch vor der
Jesuitenkirche, vielleicht ist sie die Heidelberger Va-
riante seiner schlesischen Barockkirche. *Dem lebendi-
gen Geist* lautet die Widmungszeile über dem Eingang
zur Universität, durch den er hundertmal ein- und
ausgegangen ist. Ansichtskarten, auf denen er alles noch
einmal sieht, kauft und verschickt er nie. Er verschließt
sich. Nach Seifenblasen muß er nicht haschen. An
Ramschtischen nicht wühlen. Dampfnudeln nicht essen. Sich nicht hinzustellen, wenn einer mit allen Vieren
Musik macht oder sich auf Scherbenberge legt. Auf
Elfenbeingeschnitztes aus Afrika und Gesticktes aus
Island kann er verzichten. Die Pferdekutsche fährt ohne

ihn. Mit Leuten seines Schlages ist wenig anzufangen. Die heben den Blick nur zu dem lebendig grünenden Efeu, den freundlichen Wäldern, die über die Burg hinabrauschen, denn der Odenwald endet mitten in Heidelberg. Und mitten in Heidelberg stehend sieht man von da, von dort aus das Schloß. Wird man immerzu des Schlosses ansichtig. Ein architektonisches Chamäleon, bald im schattenlosen Kühlschranklicht, ruinös, übernächtigt, bald von Gewölk in dünnen weißen Qualm gehüllt, gerüstet vom Dunst, gestützt, geflickt, gerettet; dann wieder frischt die Sonne die Farben auf und blendet, und der Riesenbau scheint unverfallen dazustehen. Es ist sensationell, wie Licht arbeitet und tausendfach verbündet ist. Man kann darauf warten, man kann es sehen. Der Onkel geht weiter, für gewöhnlich so rasch er kann, als sei jemand hinter ihm her.

Und kommt doch eines Tages unversehens dazu, wie in einem Schaufenster auf verschieden großen Bildschirmen der Papst in einer Menschenmenge zusammenbricht. Im Nu bildet sich eine Traube vor dem Schaufenster. Jeder drückt jeden beiseite. Eine Frau weint. Eine lacht. Eine hat tatsächlich gelacht und hat gesagt, kein Wunder, heute sei ja auch der dreizehnte. Ist heute der dreizehnte? Dem Onkel, zwischen Leute gepfercht, von denen jeder den Krimi sehen will, ist ein Lied mit einem Male eingefallen, an das er jahrzehnte nicht mehr gedacht hat:

> *Wetzt die langen Messer*
> *auf dem Bürgersteig*
> *Laßt die Messer . . .*

Wie ging es doch gleich weiter?

flutschen

hat Thea gesagt,

laßt die Messer flutschen
Blut muß fließen knüppelhageldick
Wir scheißen auf die Freiheit
der Judenrepublik.

So ging es. Thea hat ein gutes Gedächtnis. O Gott, Thea ist außer sich. Weil es Menschen gibt, die noch schlimmer sind, als sie sich vorstellen kann. Drei Kugeln sollen den Papst getroffen haben. Eine davon in den Unterleib. Sie, Thea, ist ja nicht katholisch, aber sie hat es im Gefühl gehabt, daß einem Manne wie dem Papst eines Tages etwas zustoßen würde. Und was das Schlimmste ist: Das ist nun schon das zweite Attentat in diesem Jahr. Was steht uns noch bevor?

Thea erinnert sich noch genau an den November 80, wie Ronald Reagan sein Wahlversprechen – Hand aufs Herz – gegeben und Amerika versprochen hat, es zu neuer Größe zu führen und die zweite Weltmacht, die Sowjetunion, in ihre Schranken zu verweisen. Und dann, nur ein paar Monate später, mußte die Welt einen Mordanschlag auf ihn mitansehen. Drei von sechs Kugeln haben ihn getroffen, eine davon in die Lunge. Ein Verrückter, ein Wirrkopf – wie hieß er doch gleich – wollte sich wichtig machen. Vorher hatte er in einem Brief an eine Schauspielerin angekündigt, er werde ihr mit einer historischen Gewalttat seine Liebe beweisen.

Es könnte aber auch sein, daß solche Täter sich als Instrument der Gerechtigkeit sehen.

Diesen Satz hat Regine gesagt, und zwar, wie Onkel und Tante sich später erinnern sollen, im Zusammenhang mit dem Papstattentat.

Hast du das gehört? Instrument der Gerechtigkeit! Wie immer, wenn sie nicht weiter weiß, wendet Thea sich an ihren Mann. Sie versteht die Welt nicht mehr. Die Nichte sowieso nicht. Oft kommt sie ihr vor wie ein Wesen von einem anderen Stern. Instrument der Gerechtigkeit! Hast du das gehört?

Naja, sagt der Onkel, Tyrannenmörder hat es zu allen Zeiten gegeben, auch Tyrannenmörderinnen, siehe Judith. Und stets hatten sie ihre Auftritte auf großer Bühne.

Es folgt irgendein Zitat, das mit schönen Verslängen auskommt. Schiller vermutlich.

Also Thea muß doch sehr bitten. Soeben wurde auf einen Menschen geschossen. Professoren gehen die Zitate aber auch nie aus. Selbst Regine staunt über ihren Onkel. Erst kommt er ganz erschüttert aus der Stadt zurück, alsbald tut er so gelassen, als handele es sich um ein Märchen, in dem ausnahmsweise das Böse den Sieg davontrug. Kann sein, daß er nur so redet, weil Tante Theas gespenstische Sentimentalität ihm auf's Gemüt schlägt. Sie bringt es fertig, ganz gescheit zu reden und plötzlich so überaus töricht. Wie meine Mutter, denkt Regine. Das denkt sie oft, wenn sie ihre Großtante daherreden hört.

Einige Tage später, nachdem das Attentat in Rom noch oft auf dem Bildschirm zu sehen war, in Vergrößerung die Hand mit der Pistole, meint der Onkel noch dazu, es sei allerdings psychologisch faszinierend, daß Wahnideen in sich immer schlüssig seien.

Es ist eine schlimme Zeit, sagt Thea.

Es war immer eine schlimme Zeit, sagt der Onkel.

Es ist die Zeit der ersten Weltraumspaziergänge, der letzten Plädoyers im Majdanek-Prozess, der Hausbesetzerkrawalle in Kreuzberg, der Gorleben-Debatten um die Risiken der Kernenergie, wohin mit den radioaktiven Abfällen, wer kann die Rüstungsspirale noch zurückdrehen, wer schießt auf wen in Beirut. Unter Ajatollah Chomeini beginnt eine Hinrichtungswelle. Es ist die Zeit, in der man sich fragt, ob Reagan den Dialog mit Moskau beginnen wird, ob die Arbeitslosenquote weiterhin steigen wird – in England steuert man auf die Dreimillionengrenze zu –, es ist die Zeit der ärztlichen Bulletins über den Gesundheitszustand des Papstes, die Zeit, in der in Afghanistan Spielzeugschmetterlinge explodieren und Kindern die Arme abreißen, es ist das Jahr, das hierzulande zum Jahr der Behinderten erklärt wird, das Jahr, in dem Goethens 150. Todestag vorbereitet wird. Ein Sommer des Mißvergnügens, orakeln die Medien, steht uns in Haus, Ratlosigkeit bei den Regierenden, mangelndes Vertrauen und Zukunftsängste bei den Regierten, Abgabenlasten, Staatsdefizite, daß sich die Balken biegen, Appelle, Resolutionen, Demonstrationen. Wie anno 66. Thea versteht die Welt nicht mehr. Der Onkel ist außerstande, sich nach den *Heute*-Nachrichten um sieben auch noch die *Tagesschau* um acht anzusehen, wie Regine es allabendlich tut, um dann auch noch mit der Häkelnadel ihrer verdrehten Logik herauszufinden, wer in diesem Welttheater Täter und wer Opfer ist, wer Ausbeuter und wer Ausgebeuteter, wer gut, wer böse. Viertel nach sieben wünscht der Onkel Gute Nacht und zieht sich in sein Zimmer zurück. Schattenturnen an den Deckenbalken. Der Onkel wendet sich noch einmal um und sagt, was die Standuhr betreffe, die müsse ja nicht unbedingt sein, die Welt drehe sich, wie man sehe, auch ohne Standuhr weiter. Allerdings, was seine Frau sich in den Kopf gesetzt habe ...

Wie wahr! Thea will die Standuhr haben. In diese Wohndiele gehört eine Standuhr. Da können alle Übel aus der Büchse der Pandora fliegen, Thea lebt, als schreibe man Thüren noch mit Th. Jedoch mutet sie es sich doch nicht selber zu, das Richtige zu finden und beauftragt Regine, die Augen offenzuhalten. Regine soll sich mal aufraffen. Thea kann sie nicht mehr sitzen sehen auf ihrem Fenstersessel. Tu mir die Liebe und nimm mir die Lauferei ab. Wenn eine Uhr infrage kommt, ruf uns an, dann kommen wir sofort.

Nun denn, fortan ist Regine oft unterwegs. Sehr oft. Den ganzen Sommer über. Verläßt ihren Sessel und geht am Neckar entlang. Die Ufer sind um diese Jahreszeit von Liebespaaren belagert, bei deren Anblick aber kaum das Lied von dem Herzen, das man hier verlieren kann, dokumentiert wird, so unromantisch, barbusig und ostentativ wird vor aller Augen geschmust. Regine hat keine Meinung dazu, vielleicht deshalb nicht, weil ihr Busen so sehenswert nicht ist. Die Angler drehen den Pärchen die Rücken zu. Die Touristen filmen und fotografieren Brücke und Schloß und füttern Tauben und Möwen. Mütter und Väter tragen ihre Babys auf dem Rücken oder auf dem Bauch. Regine, ihren Walkman auf den Ohren, geht vorbei. Das hier geht sie nichts an. Sie macht sich aus alldem nichts. Sie soll sich nach einer Standuhr umsehen, einer alten, schlagenden mit langem Pendel. Zu teuer darf das gute Stück auch wieder nicht sein, aber auf ein schönes Geläut legt der Onkel wert, weich und singend, hörst du, das ist die Hauptsache. Vermutlich hat eine solche Uhr in des Onkels und des Großvaters Kindheit herumgestanden, neben einem Nußbaumvertiko. Wenn Regine eines Tages alt sein wird, an was wird sie sich erinnern wollen? An viel Erfreuliches bestimmt nicht. Das kann sie sich nicht vorstellen. Sie war unvorsichtig genug, als Mädchen auf die Welt zu kommen nach drei maßgeschneiderten Söhnen, die alle Hoffnungen der Eltern noch übertrafen. Eltern beschützen und beschädigen ihre Kinder. Ein Onkelsatz. Er hat gut reden. Er hätte viel mehr reden sollen mit der Großnichte.

Die läßt sich mit dem kleinen Fährschiff über den Neckar setzen und wird sich erst mal Dampfnudeln einverleiben, ofenfrische aus ihrer Bäckerei. In der Hauptstraße schleckt, mampft, schlürft jeder. Für Regine ist hier der Ort einer schläfrig satten Konsumgesellschaft. Klischees kommen ihr leicht über die Lippen. Wenn sie dem Onkel imponieren will, sagt sie, diese Straße führe geradewegs ins Schlaraffenland, wo einem gebratene Hähnchen ins Maul fliegen. Oder sie sagt: ein Flohmarkt, wo Gemütlichkeit getrödelt wird.

Beim Dampfnudelessen stellt Regine sich die Tante vor, wie die, anstatt sie schicken zu lassen, die sperrige

Lampe eigenhändig transportiert. Vielleicht hat sie die Pferdekutsche angehalten, die zwischen Bismarckplatz und Heilig-Geist-Kirche hin- und herfährt und hat das Lampenmalheur wie eine Trophäe auf's Trittbrett gestellt.

Es muß eine andere Straße sein, durch die Regine geht, in Latzhosen, auf leisen Turnschuhen, mit verspiegelter Sonnenbrille auf den Augen und dem Walkman auf den Ohren, magersüchtig an verwitternden Fassaden vorbei, Häusern aus einer Zeit, die gottlob vorüber ist. Unbeeindruckt von Traditionslokalen, die können noch so einladend sein mit Säulen, Palmen, weitgeöffneten Pavillontüren. Regine denkt jedesmal im Vorbeigehen, ihre drei Brüder müßten aus diesen Türen treten, gespreizt, mit geschwollenem Kamm, beschlipst, ein wenig beschwipst womöglich, betrunken, nein, auf keinen Fall, in Gesellschaft langbeiniger, langhaariger blonder Mädchen, die nur attraktiv genannt werden können; sie lassen sich lachend in geflochtene Armstühle fallen und prosten einander zu, zum Wohl, auf was trinken wir denn. Die Brüder, Senkrechtstarter alle drei, haben Regine früher manchmal aus Mitleid eingeladen, sie kamen nicht umhin, sie hin und wieder ins Schlepptau zu nehmen zu irgendwelchen Feten oder Ausflügen. Der eine, der andere hat den Arm um ihre Schultern gelegt: Das, ihr Lieben, ist unser Schwesterherz. Der ist heute eine Laus über die Leber gelaufen, aber sonst ist sie okay. Da hat sie gestanden zwischen den dreien, die sich verdoppeln durch Aufzählen ihrer Vornamen Hans-Wilhelm, Ernst-Heinrich, Wolf-Eberhard. Sie hat die Schulter

bewegt unter der Hand und der Stimme, das, Sports-
freunde, ist unser Schwesterherz. Mit einem Gesicht
wie zehn Tage Regenwetter. In den Boden sinken, von
der Bildfläche verschwinden, sich verdünnisieren, sich
trollen, verkrümeln, davonmachen, Reißaus nehmen
auf Nimmerwiedersehen, habe die Ehre, das wollte sie
immer schon.

Was Tante Thea in der Hauptstraße Flair nennt,
nennt Regine also Konsum. Hauptsache Wohlleben.
Regine geht über zugedeckelte Einstiege zur Kanalisa-
tion und denkt, daß mittlerweile ein Schmutzfilm über
dem Trinkwasser ist. Dem Postkartenkarussell gibt sie
einen Schubs, Schlösser, Unterkiefer, Brückenaffen
sausen im Kreis, Regine steckt, wenn es sich machen
läßt, die eine, die andere Karte flugs in den Beutel.
Lange Finger macht sie gern in Selbstbedienungsläden,
sie nimmt das Wort wörtlich und bedient sich eben mal.
Wer hier alles auf Heller und Pfennig bezahlt, ist selber
schuld. Man muß nur im Gedränge bleiben und auf die
Monitoren achten. Regine läßt sich nicht erwischen,
clever wie sie ist. Oft braucht sie das geklaute Zeug gar
nicht und steckt es zwinkernd der Frau zu, die sich von
ihrem Scherbenhaufen erhebt oder der anderen
schwangeren mit der Piepsstimme. Stöbern tut Regine
allenfalls in Postern, da blättert sie Riesenbücher auf
und sucht nach Munchs, Magrittes, Warhols. Sie sucht
unter ausgefallenen Klamotten, sozusagen der Lands-
knechtstracht der Ausgeflippten, und ärgert sich, wie
sündhaft teuer diese Fummel sind. Ein einziges Mal ist
es ihr geglückt, ein Palästinensertuch mitgehen zu lassen, unter Herzklopfen und Schweißausbrüchen, ge-

steht sie sich ein; vorbei an Glitzersteinen, Räucherstäbchen, Schals, Schuhen und nochmals Schuhen, an indischen Gewändern, wohlsortierten Attaché-Koffern und -köfferchen, an Krokotaschen, Gartenzwergen, Buddhas, Hummelfiguren, mannshohen Nußknackern. Die Hauptstraße? Eine Geisterbahn. Tante Thea fährt in einer Pferdekutsche vorüber. Vide vide! Der Kutscher knallt mit der Peitsche. Dudelsack, Zither, Geige, Tamburin, Seifenblasen. Idiotische Schaufensterpuppen mit grünen, schwarzen, gar keinen Gesichtern, langbeinige Gliederwerfer. Ein Lama spuckt dich an, du mußt die Zirkustiere retten. Eine kaum hörbare Stimme wirft dir deinen unentfalteten Zustand vor; ein Prozellanelefant im Porzellanladen. Goldene Ketten liegen um schwarze, abgeschnittene Samthälse, geborstene Amethystdrusen fletschen die Zähne, Rembrandts geschlachteter Ochse hängt in einem Schaufenster, in einem anderen stehen exotische Bäumchen, auf ein Mindestmaß zurückgezüchtet, sie werden nie weiterwachsen können. Es gibt Feuerwaffen zu kaufen für Freizeit, Sport und zum Selbstschutz; Messer aller Art, Braten-Käse-Brot-Fleisch-Tomatenmesser, alles zum Hauen, Stechen, Schneiden liegt in einer hölzernen Wiege.

In einer Wiege?

Sage ich ja.

Nichts gibt es, was es nicht gibt. Allem voran das Schloß auf Pralinen- und Keksschachteln, auf Schokoladenherzen, Krawatten, Feuerzeugen, auf Bierhumpen, Zinnkrügen, Wandtellern; bestimmt gibt es auch ein Puzzlespiel vom Heidelberger Schloß, o das sollte man Tante Thea zum Geburtstag schenken. Sich vorstellen, wie sie jeden Abend ihre Traumkulisse sich selbst zusammenklaubt. Ein Puzzle kostet aber über zwanzig Mark und ist zu groß, um es mitgehen zu lassen. Leichter läßt sich Wolle in einem Wolladen einstecken, schwarze, mit einem Silberfaden durchzogene, die würde gut zu Theas schwarzem Haar passen, das von Silbersträhnen wie von Lametta durchschossen ist. Regine wird ihr ein Schultertuch häkeln, eins mit Fransen dran, um sich erkenntlich zu zeigen für Kost und Logis. Die Tante ist leicht einzuwickeln. Die Nichte wird sich einen Deibel tun und sich nach einem Zimmer umsehen. Noch nicht. Noch hält sie die Tante hin mit der Versicherung, sie wolle in eine Wohngemeinschaft ziehen, sie habe da schon etwas im Auge, was im August oder September frei werde. Na fein, so Thea, du gehörst unter junge Leute, deine schmutzige Wäsche kannst du mir natürlich immer bringen. Noch will Regine zurück in die Wohnung mit Neckarblick. Ein Mann hockt vor einer Kinderboutique, ein Pappschild in der Hand, auf dem *Ich habe Hunger* steht. Daneben ein Teppichgeschäft mit schönen bunten Nomadenteppichen im Schaufenster. Regine denkt: Sich draufsetzen und wegfliegen, das wäre schön. Wir verlieren sie aus den Augen.

Bald hat auch der Onkel Geburtstag. Wir sind beide Jungfrauen, pflegt Thea zu sagen. Ein Wunder, daß das gutgegangen ist.

Weil es ein runder Geburtstag sein wird, hat Thea schon verfügt, daß alle zum Essen nach Dilsberg fahren werden. Das liege so herrlich in einer Schüssel auf dem Dilsberg, auch gebe es dort eine ganz bestimmte Stelle, von der aus man den lieblichen Neckar gleich zweimal in großen Schleifen fließen sehe.

Was schenkt man dem Onkel? Alles, was es zu kaufen gibt, ist ihm herzlich einerlei. Er würde sich am meisten freuen über etwas, das ihn an die Kindheit und seine Brüder erinnert. Regine wird in den alten, steifen Fotografien stöbern, die auf den Rückseiten in Gold die Schriftzüge der Photographen tragen. Man müßte daraus eine fröhliche Fotomontage machen und auf die Suche gehen nach einem passenden Rahmen.

Nach einem alten Bilderrahmen Ausschau halten ist ein neuer Grund, in die Stadt zu kommen, am Neckar entlang oder über den Wehrsteg bis zum Karlstor, bis in die Altstadt. Die Stimme des Schleusenmeisters schallt: Hier können Sie nicht bleiben. Ich wiederhole: Hier können Sie nicht bleiben. Die Rotorblätter eines Hubschraubers knallen, Blasmusik bläst, ein Zug pfeift. Es pfeift das Echo vom gegenüberliegenden Berg. Regine legt eine neue Minikassette ein und setzt sich den Walkman auf die Ohren. Das hier geht sie nichts an. Tage gibt es, da könnte man einfach von der Brücke springen. Da wäre es gut, ganz woanders zu sein.

Mitunter steht der Onkel oben am Fenster und schaut ihr nach, sieht nur ihren Oberkörper, der sich ruckweise weiterbewegt. Das Brückengeländer verdeckt ihre Beine. Der Onkel liebt den Weg über den Wehrsteg nicht, weil er durch die breiten Bohlenritzen darunter das Wasser fließen sieht. Regine macht das gewiß nichts aus. Sie bleibt stehen und legt vielleicht eine neue Kassette in ihren Walkman. Besser, denkt er, sie flieht in Beat, in Rock und Soul als in Alkohol oder

Drogen oder in was man heute sonst noch fliehen kann.
Er macht sich Gedanken um die Nichte. Und er macht
sich Sorgen. Als er und Thea letztes Wochenende von
einem Besuch bei der Tochter Brigitte zurückgekom-
men sind, war wieder mal der Aufzug steckengeblieben,
und da hängt er noch immer. Die Backenbremsen sind
kaputt, jemand muß ihn überbelastet haben. Wer in
aller Welt sollte ihn überbelastet haben? Aber keiner
will es gewesen sein. Empört schwört Regine, sie habe
ihn nicht ein einziges Mal benützt. Warum auch, Auf-
züge haben eben ihre Tücken, das weiß doch jeder.

In der Schleusenkammer werden Schiffe gehoben
und gesenkt. Aus der Vogelperspektive sehen sie länger
aus. Der Neckar fließt vorwärts. Wenn auch Thea das
Haus verläßt, in die Stadt geht, genießt der Onkel es,
allein zu sein, besonders dann, wenn ihm das miserable
Heidelberger Talklima zu schaffen macht. Ein Höhen-
tief, ein Kaltluftpfropfen, und es melden sich die alten
Narben. Das Schloß stürzt über Märchenzeiten und
spiegelt sich im Neckar. Auf dem Treidelpfad läuft der
hundelose Herr. Ihm entgegen tastet der mit dem weißen Blindenstock. Was der Schleusenmeister ruft, ist
nicht zu verstehen. Alte Ohren hören das Sirren der
Neonröhren in der auch tagsüber beleuchteten Vitrine
nicht mehr, das Knistern im Gebälk nicht, hören dafür
die Flöhe husten, hören den Stoffdackel winseln. Kuhglocken bimmeln. Bald wird hier eine Standuhr mit
schönem Geläut die Stunden schlagen. In der Büchse
der Pandora bleibt nur die Hoffnung zurück. Das sanfte
Motiv weidender Rehe hinter dem Haus ist selten zu
sehen. Nahe vor Augen spinnt eine Spinne ihr Flucht-

seil. Unten beugt das steinerne Gesicht sich tiefer über den versiegten Brunnen. Heute ist ein Wetter, das geht Wetterfühligen auf die Nerven. Thea spaziert durch ihre Traumkulissen. Nimmt Platz auf geflochtenen Armstühlen in Traditionslokalen unter aufgereihten Schattenbildern toter Studenten auf nikotingebräunten Tapeten. Thea erwischt einen Andenkenjäger, der einen Bierseidel mitgehen lassen will, dem es die bleiverglaste Nostalgie angetan hat. Der Dichter singt der Stadt ein kunstlos Lied, wie es kunstvoller nicht mehr geht. Maler stehen vor Staffeleien, malen Schloß und Brücke. Seifenblasen schweben drüberhin. Fünfziger regnen in die Geigenkästen. Der Zitherspieler greift in die Saiten. Transparente werden entrollt. Eine Stimme preist frische Austern an. Wo man doch nichts als Schale, Stab und Bettlersack bräuchte für diesen Erdenwandel. *Miteinander leben* heißt das Motto für dieses Jahr, *einander verstehen* in Flammenschrift über dem Schloß. Auf verschieden großen Bildschirmen sieht man die Buckelwale durch die Meere schießen, kann ihr Singen in der Paarungszeit hören. Kann Attentate mitansehen. In Farbe. Es gibt Millionen Tatzeugen. Laßt die Messer ... Wie geht es ... Flutschen, sagt Thea. Flutschen heißt es. Knüppelhageldick. Das wird einem schon in die Wiege gelegt. Regine spielt sich als Fremdenführerin auf. Und hier die Madonna auf dem Kornmarkt. Das bedeutendste Barockkunstwerk in Heidelberg. Als der selbstherrliche Sonnenkönig Ludwig XIV. Heidelberg in Trümmer gelegt hatte, suchten die armen Bürger bei der Himmelskönigin Schutz, denn niemand sonst schützte sie. Überall auf Straßen und Plätzen stellten sie Schutzmadonnen auf, diese hier ist die schönste, und nie mehr wurde Heidelberg seither überfallen und zerstört. Alles seitdem ist heil in Heidelberg. Regine kann das auf deutsch und englisch aufsagen. Auf deutsch und englisch beklagt sie die schönen Zwillingsengel am Ruprechtsbau des Schlosses, die nur noch Kopien sind, die Originale, zerfressen durch Luftverschmutzung, lagern im Schloßinneren. Sehen Sie sich im Innenhof um, meine Damen und Herren, wie hier Ihre Hoheiten sich selbst inszenierten, sehen Sie die protzigen Renommierfassaden; steigen Sie mit mir in die Keller zu dem Riesenfaß, das sage und schreibe 221 726 Liter Wein faßt und wo ein armer Zwerg, ein Hofnarr, Ihnen zuprostet auf deutsch und englisch. Das Leben war den Herren Kurfürsten ein einziges Fest, meine Damen und Herren, eilen wir wieder hinauf in die weiten lichtumflossenen Räume und die Park- und Seelenlandschaft darumherum mit den Grotten und Wasserspielen, ritzen Sie getrost auch Ihre Namen – amerikanische, indische, japanische – in Stein und Baum neben die berühmten Namen, die hier eingeritzt sind. Denn das liebt die Welt an Deutschland. Heidelberg Götterdämmerung Kuckucksuhren Dackel Sauerkraut und die Gemütlichkeit. Was thustu mich angaffen.

In den Nischen stehen Statuen. Torhüter hüten das Tor. Ein Starfighter schießt über das Schloß. Zwei Starfighter. Drei. Ein gelbbrauner Totengräberkäfer an einem Halm läßt sich mit einem Plumps auf die Erde fallen und stellt sich tot. Schneller als jedes Geschoß rast die Erde durchs Weltall, mit über hunderttausend Stundenkilometern. Am Bieler See hat man ein vor sechstausend Jahren gebackenes Brot ausgegraben. In Spanien hat gepanschtes Speiseöl vielen Verbrauchern das Leben gekostet. Ein berühmter griechischer Physiker hat ein Gerät zur Voraussage von Erdbeben entwickelt. Die Erfindung des Jahrhunderts nennen es die Medien. Schnurgerade durchschneidet die Bergbahn den gegenüberliegenden Hang. Heute nachmittag wird der Onkel nicht den engen, kopfsteingepflasterten Prinzessinnenkußweg bergansteigen, das wäre viel zu beschwerlich bei diesem Föhn. Thea verliert ihr Herz in Heidelberg. Regine hat man längst aus den Augen verloren. Ihre Turnschuhe gehen über zugedeckelte Einstiege, ihr Kopf schwebt über dem Brückengeländer, ihre Hand winkt von der Schloßterrasse, die andere klammert sich an einen Nomadenteppich. Ach dieses Kind. Man hätte mehr mit ihm reden müssen.

Regine scheint keine Standuhr zu finden. Thea hat ja immer gesagt, sie müsse alles selber in die Hand nehmen. Doch bevor sie womöglich noch eine Kuckucksuhr anschleppt – das brächte sie fertig –, passiert diese gräßliche Geschichte mitten in Heidelberg, vor ihren Augen, dieser Terroranschlag, Feuerüberfall, auf den amerikanischen Colonel oder General oder was er nun ist, Thea findet keine Worte dafür. Was sind das für Kreaturen, die mitten im tiefsten Frieden wehrlose Menschen abknallen, vorsätzlich umbringen, und das da drüben, keine hundert Meter von ihrer Traumwohnung entfernt, hier hätte das einfach nicht passieren dürfen, hier nicht.

Die gestrichelte Linie, die tagsdarauf in den Zeitungen auf einer Luftaufnahme den Tatort anzeigt, führt, verlängerte man sie, schnurgerade auf die Sonnenseite des Neckars, auf das Haus zu, in dem Thea wohnt. Sie schlägt die Hände vor's Gesicht. Sie kauft am nächsten Tag alle Zeitungen. Als könne ihr Mann nicht lesen, liest sie ihm vor, was die Ermittlungen bisher ergeben haben:

Am gestrigen Morgen sei das Auto des Generals wie gewöhnlich von der Neckaruferstraße am Karlstor in Heidelberg zum Tunnel Richtung US-Hauptquartier (siehe gestrichelte Linie und nebenstehende Luftaufnahme des Tatorts) abgebogen. Zum erstenmal habe der General in einem gepanzerten Mercedes gesessen; als dieser bei Rot an einer Ampel habe stoppen müssen, habe das Mordkommando aus einem Waldversteck (gekennzeichnet durch ein Kreuz in einem Kreis) am Rande des Neckartals eine und gleich darauf eine zweite Panzerfaust abgschossen und obendrein die Verfolgung mit Maschinengewehren aufgenommen. Nur weil der Fahrer des Mercedes trotz erheblicher Beschädigung des Autohecks geistesgegenwärtig Gas gegeben habe, sei der General mit dem Leben davongekommen ...

7 Uhr 11 oder 7 Uhr 12. Thea schläft noch. Der Onkel tritt ans Fenster. Die angestellten Jalousien werfen schwarze Querstreifen auf seinen Schlafanzug. Langsam, er will Thea nicht wecken, zieht er die Jalousie hoch und öffnet das Fenster. Frisch ist die Morgenluft. Kein Nebel heute. Keine abgeschnittenen Kirchtürme und Brücken. Das Schloß da drüben, das schöne Zufallsbild, bei rasch wechselnder Beleuchtung, bei der leisesten Drehung des Kaleidoskops schon wieder ein anderes. Wie aus dem rötlichen Felsen gehauen, als habe der Berg sich das Schloß anverwandelt und nicht umgekehrt. Man kann nur immer wieder staunen, wie ideal dieser Standort gewählt wurde. Und wie da gebaut und gebaut wurde. Sie waren eben wer, der Einfältige, der Fromme, der Aufrichtige, der Erleuchtete. Der alte Mann am Fenster blinzelt. Bei der letzten Sehprobe konnte er gerade noch die Buchstaben der oberen Reihe entziffern, bei der letzten Gehörprobe das Flüstern nicht mehr hören. 7 Uhr 14, 7 Uhr 15. Der Neckar riecht. Dreht sich der Wind? Ein Schiff der Weißen

Flotte gleitet in die Schleusenkammer. Es heißt Germa-
nia, Neckarperle, Pegasus oder Vater Rhein. Es ist nicht
zu erkennen, ob die Uferpappeln, ob die Laubbäume
am dicht bewaldeten Hang sich zu verfärben beginnen.
7 Uhr 18. Exactement. Eine Detonation und ihr ver-
stärktes Echo am diesseitigen Berg, zwei Detonationen,
ohrenbetäubend hin- und hergeworfen zwischen den
Uferbergen, ein lang rollender Nachhall. Maschinengewehre, schnell aufeinanderfolgende bellende Echos.
Thea fällt aus dem Bett. Sagt sie jedenfalls später. Ihr
Mann – später – sagt, die dicke Spinne vor seinen Augen
habe sich fallenlassen. Er habe es zuallererst überhaupt
nicht für möglich gehalten, daß draußen etwas krache,
nein, in seinem Kopf, bei gleichzeitiger Ertaubung, da
habe es gekracht, einmal, zweimal, ein Hirnschlag oder
Hörsturz, so etwas habe ihn ereilt. Ein Bersten, Platzen,
Splittern im Kopf, Bersten, Platzen, Splittern. Das
Echo. Der Onkel, 7 Uhr 19 oder 7 Uhr 20, ruft Thea.
Regine. Man muß doch, man muß doch eingreifen,
etwas tun. Aber was ist denn überhaupt ... Könnte sein,
daß draußen ... daß jemand die Schleusen gesprengt hat
und der Neckar nun die Ufer überflutet? Der Neckar
fließt still. Der Onkel stützt sich auf das Fensterbrett,
erst recht, als Thea, im Nachthemd, sich an ihn klammert. Das hat sie lange nicht mehr getan. Ja, was
ergreifen, Maßnahmen? Da ist schon alles vorbei. Die
Geschichte von einer Minute. Thea hat zuerst gedacht,
das Nachbarhaus sei in die Luft gesprengt worden.
Oder auf dem Neckar sei ein Tanker explodiert. Fahren
überhaupt Tanker auf dem Neckar? Wer hat überhaupt
da unten geschossen, einmal, zweimal? Panzerfäuste,

Maschinengewehre. Die Steine fehlen im Heidelberger Puzzle. Der Onkel faßt sich an den Kopf. Er ist unversehrt. Auf wen wurde geschossen? Auf was? Ist heute der dreizehnte? Es ist heller Tag. Ein Brückenpfeiler verdeckt die Verkehrsampel und die Bushaltestelle am Karlstor, die auf allen Luftaufnahmen zu sehen sein werden. Diese Fotos aus der Vogelperspektive werden erst in einer halben Stunde gemacht werden, darum zeigen sie die Autostaus nicht, die jetzt in beiden Richtungen die Straße blockieren, die Sanitätswagen und Polizeifahrzeuge mit den blausprühenden, rotierenden Warnlichtern auf den Dächern – Illumination am hellichten Tag –, den hermetisch abgeriegelten Tatort, den Menschenauflauf auf den Betonbalkonen am Schloßseitenufer.

Wer hat das Fenster wieder zugemacht? Wer macht es wieder auf? Eine Lautsprecherstimme sagt: Weitergehen, bitte, gehen Sie weiter. Hören Sie, Sie stehen im Weg. Das pneumatische Martinshorn. Ein Hupkonzert und sein Echo. Der Schrei auf der Brücke, so laut, als ob, was im Tal sich abspielt, hier geschieht. Die Theodors, von Flußgöttern umlagert, schaudert's. Thea, weiß wie ihr Gipsabdruck, läßt den Onkel los. Da unten ist auf jemanden geschossen worden. Das muß man sich mal vorstellen. Ein Tatort, mitten in Heidelberg. Die freundlichen Wälder rauschen herab. Dort hebt der Homo erectus heidelbergensis seine Keule und schlägt zu in urweltlicher Panik. Solche Gedanken ließe man gern den Herrn Professor denken.

In den Wäldern jedenfalls, genau gesagt über dem Steilhang vor der Tunneleinfahrt, liegt, wie bald zu erfahren sein wird, das Basislager der Attentäter. Ein Kreuz, ein Kreis, Beginn der gestrichelten Linie auf Fahndungsbildern und Pressefotos. Die Linie verläuft über das Karlstor. Das Tor ist gerüstet. Das sieht man deutlich auf allen Bildern, aus allen Fenstern der Traumwohnung. Ein Bauarbeiter auf dem Gerüst wird im Handumdrehen zum einzigen Augenzeugen, er sieht einen Mann an einem Seil den Steilhang hochturnen. Wie einen Affen. Oder wird er hochgezogen? Nur Adleraugen hätten das erspähen können. Vom diesseitigen Ufer aus hätte man vielleicht mit einem Feldstecher ... Der Onkel, der schon seit sieben Uhr hier steht, hat nichts Derartiges gesehen, nichts Verdächtiges, nichts, das anders gewesen wäre als jeden Morgen sonst.

Das Telefon klingelt. Thea geht rückwärts in die Diele, den Blick am Fenster, als könne von dort aus jemand auf sie zielen. Der Onkel hört, wie sie vor Aufregung lauter als gewöhnlich – und sie hat auch sonst eine kräftige Stimme –, jemandem berichtet, was hier vorgefallen ist, und die Geschichte klingt anders, als wenn er sie erzählen würde. Was hier bei uns passiert ist? Wieso bei uns? Woher ... achso ... also keine Ahnung. Geschossen, ja, es wurde geschossen ... mein Lebtag nicht gehört, vor unseren Augen, das muß man sich mal vorstellen. Wo? Na, am Schleusentor, am Karlstor da unten, auf der anderen Neckarseite auf jeden Fall, nicht hier, nein, um Himmels willen, ja, man kann es ja nicht erkennen, es ist schrecklich, die Polizei? Ja, ja, längst alles abgesperrt, keine Ahnung, wer auf wen. Ich dachte im ersten Moment, ein Tanker ... aus dem Bett gefallen ... Eberhard dachte ... Regine?

Regine schläft, scheint zu schlafen, du meine Güte, begreife es, wer kann. Ich rufe zurück, wenn wir ...

... sagt sie, klarsehen? Da geht sie schon und klopft an Reginens Zimmertür, drückt, als keine Antwort kommt, die geschweifte Klinke herunter. Noch nie hat die Nichte sie im Nachthemd zu Gesicht bekommen, nie unfrisiert und ohne zurechtgemacht zu sein. Regine schläft. Die Jalousie ist heruntergelassen. Im Lichtspalt der geöffneten Tür erkennt man nur den dunklen Wuschelkopf im Bett.

Sie schläft, sagt Thea. Stell dir das vor! Sie hat den Höllenlärm verschlafen. Leute gibt's, die verschlafen den Weltuntergang. Beneidenswert. Mit wem ich eben gesprochen habe? Mit Frau Ulrich, ihr Mann hat sie per Autotelefon angerufen, er muß da unten in der Autoschlange stehen. Er hat gesagt, er habe dich am Fenster sehen können. Ihm sei fast das Trommelfell ...

Und Regine schläft. Schläft wie ein Murmeltier. Unter ihren Maos und Suppendosen, unter Marilyn Monroes roten Lippen, Picassos rosa Harlekin und seiner Stillenden Mutter, unter versteinerten Blitzen und Friedenstauben schläft das Mädel den Schlaf der Gerechten, während da unten der Fall X eintritt, wie der *Spiegel* es nennen wird. Die Nachrichtensprecherin abends im Fernsehen wird sagen, in einem Bekennerbrief der Attentäter sei dem US-Imperialismus der Krieg erklärt worden. Der *Stern* wird schreiben, das Umfeld der RAF sei kleiner geworden, noch vor drei Jahren sei das Bundeskriminalamt davon ausgegangen, daß zwei- bis dreitausend Sympathisanten dem harten Kern zugezählt werden müssen, jetzt rechne man allenfalls noch mit zwei- bis dreihundert Unterstützlern, die falsche Papiere, unauffällige Wohnungen besorgten, Verstecke zur Lagerung von Waffen und Munition, geeignete Überfallplätze ausmachten etcetera. Mit einer derart dünnen Personaldecke seien ausgeklügelte Operationen nicht mehr zu bewältigen. Entführungen seien deshalb nicht mehr drin, nur noch einfache Feuerüberfälle an geeigneten Stellen, abgestellte Bombenautos, Brandstiftungen etcetera. Man könne nur noch Fanale setzen. Man befinde sich, laut Bekennerbrief, im Krieg.

Der Onkel am Fenster, bevor er das alles liest und hört, sagt, nein denkt, der Ort für einen Feuerüberfall – und ein solcher muß es ja offensichtlich gewesen sein, der sich soeben dort unten abgespielt habe –, der Ort sei strategisch ideal gewählt: eine Verkehrsampel, vor der alle Autos bei Rot halten müssen, ob sie nun in die Tunneleinfahrt abbiegen oder auf der Neckarstraße weiterfahren wollen; und diese Ampel vor einem dichtbewaldeten Steilhang mit schräg übereinanderkletternden Mauern, die Schnee und Geröll vor der Tunneleinfahrt abhalten sollen. Nur vom diesseitigen Neckarufer aus habe einer darauf kommen können, und nur aus der Vogelperspektive.

Thea deckt auch an diesem Morgen den Kaffeetisch für drei Personen. Regine ist heute früh noch nicht einmal wie sonst in der Küche gewesen, um sich ihr allererstes Frühstück zu holen. Soll sie, eingemummelt, daß nur ihr verstrubbeltes Haar rausguckt, ihretwegen weiterschlafen. Todmüde wie sie war, wo sie gestern den ganzen Tag nach der Standuhr unterwegs gewesen ist. Sie kann es sich heute abend im Fernsehen angukken, den Ort der Handlung, das gerüstete Karlstor, die Tunneleinfahrt, die Verkehrsampel, das Gegenstück der Panzerfaust, mit der der Überfall verübt wurde, die beschädigte rechte Hinterseite des schwarzen Mercedes, den aufgerissenen Kofferraum, den Augenzeugen, der einen der Täter hat hochklettern sehen, den Viersternegeneral, seine Frau und den Fahrer und kann mit einiger Phantasie sogar Theas Schutzengel schweben sehen, der die Autoinsassen behütet hat.

Was nicht im Fernsehen gezeigt wird, sind der aufgerissene Asphalt neben dem Schleusenhaus und die Maschinengewehreinschüsse an der Dachrinne des Schleusenhauses. Ab neun Uhr ist die Absperrung am Tatort aufgehoben. Vom Fenster aus ist alles wie vorher. Da grüßen die freundlichen Wälder ... da gießt die ewige Sonne ihr Licht undsoweiter. Züge, Schiffe, Möwen, Enten, Schwäne, Autos und die stromlinienförmigen Reisebusse aus aller Herren Länder gleiten wieder dahin. Thea überredet den Onkel, mit ihr über den Wehrsteg zu kommen und sich die Bescherung ...

Wollen wir nicht warten, bis Regine ...

Laß sie schlafen.

Sie gehen über den Wehrsteg. Blickte Regine ihnen von ihrem Sessel aus nach, sie sähe die beiden Arm in Arm gehen, unsicher, fast wie bei Glatteis. Ein Abschiedsbild wär's von dieser Großtante, diesem – gib es zu – geliebten alten Onkel. Er geht mit einem Male, als müsse er sich auf jemanden stützen, als sei er schlagartig vergreist. Er würde am liebsten wieder kehrtmachen, aber Thea will die Bescherung sehen. Fast vor der eigenen Tür, das muß man sich doch angesehen haben.

Wenn die Panzerfaust den Mercedes getroffen hätte, da wäre keiner lebend herausgekommen. Der harte Asphalt vor dem Schleusenhaus ist um Meterbreite aufgerissen, die Dachrinne samt Regenabfallrohr durchlöchert, Fensterglas zersplittert. Alles ist auf den Beinen, alle wollen es sehen. Die erste Panzerfaust soll die schwergepanzerte rechte Hinterseite des Wagens oberhalb des Radkastens getroffen haben, die zweite, weil der Fahrer geistesgegenwärtig noch bei Rot davonfuhr, schlug dann am Schleusenhaus ein. Soviel will man schon wissen. Auch daß der Viersternegeneral, der oberste Befehlshaber der US-Armee in Europa, Ziel des Mordanschlags war, gilt als gesichert, er sei unversehrt, seine Frau hingegen habe leichte Verletzungen davongetragen. An der Bushaltestelle stehen schon wieder Leute, die auf den Linienbus warten. Die Attentäter haben in Kauf genommen, daß die Menschen, die vor zwei Stunden hier gewartet haben, ebenfalls getroffen werden konnten. Ein Mädchen steht in Anhalterpose am Straßenrand, den Daumen in Richtung Stadtausfahrt. Das Karlstor ist gerüstet. Die Arbeiter tragen gelbe Anzüge und Helme. Ein Arbeiter hat einen Täter den Steilhang hochturnen sehen. Oder wurde er von einem anderen an einem Seil hochgezogen? Mindestens zwei Täter waren am Werk. Wie junge Leute nur in so etwas hineingeraten, so abgefeimt, so verbohrt wie sie sind, und wie die ihre Jugend verplempern, sagt Thea. Die revolutionieren sich noch in Grund und Boden.

Thea wartet an der Ampel Grün ab und überquert die Straße, will wissen, ob es auch drüben etwas zu sehen gibt. Sie kommt enttäuscht zurück, da seien nur ein paar

Kreidekreise auf dem Gehsteig mit Zahlen drin. Auch auf der diesseitigen Fahrbahn – zu erkennen, wenn die Autos bei Rot halten – sind Kreidekreise mit Zahlen. Oder sieht man das erst abends in Fernsehen? Der Bildschirm schiebt sich vor jedes Bild. Blutspuren sind keine zu finden, sagt Thea. Die Nachrichtensprecherin abends sagt, alle Parteien verurteilten den feigen Mordanschlag. Mit an Sicherheit grenzender Wahrscheinlichkeit sei die RAF verantwortlich zu machen, es gebe hinreichende Beweise dafür, daß ein neuer Anschlag lange geplant und sorgfältig vorbereitet sei. Im schwer zugänglichen Wald oberhalb der Tunneleinfahrt hinter dem Heidelberger Karlstor habe man das Basislager der Attentäter entdeckt, ein Iglu-Sportzelt, gut getarnt – in Hölderlins lebendig grünendem Efeu. Nach derzeitigem Erkenntnisstand sei von unterhalb dieses Standortes aus etwa 200 Meter Entfernung geschossen worden, und diese Schüsse, so der Kommentator nach den Nachrichten, zielten auf jeden von uns, alle müßten wir uns bedroht fühlen, es werde deshalb jeder Bürger aufgerufen, auch die kleinste verdächtigte Beobachtung hinsichtlich terroristischer Aktivitäten unverzüglich zu melden, denn soviel stehe schon jetzt, zwölf Stunden nach den Heidelberger Ereignissen, fest: Ohne Sympathisanten wäre der harte Kern der RAF ohnmächtig, es müsse eine Menge gut getarnter Unterstützler geben, unbekannter Randfiguren, Neulinge in der Szene, die Informationen ...

Der Onkel drückt auf den roten Knopf der Fernbedienung. Er kann das nicht mehr hören. Er zieht sich in sein Zimmer zurück. Im Sommer ist die Dämmerung seine Lieblingsstunde. Tage gibt es, da ist das Schloß in Mondglas gefaßt, denn es wird spät erst beleuchtet. Der Onkel am Fenster. Ob er auch heute mit Verslängen auskommt?

Aber soweit sind wir noch nicht. Erst müssen wir zurück über den Fluß, um nachzusehen, ob unsere Regine endlich aufgestanden ist. Thea brennt darauf, ihr alles brühwarm ... Der Onkel betritt das Zimmer eines jungen Mädchens nicht. Die Tante klopft an. Regine? Langschläferin. Willst du heute denn gar nicht.

Regine will nicht. Regine liegt auch nicht in ihrem Bett. Was da unter der Decke die Form eines dünnen Körpers abgibt, ist ihr Bademantel. Was oben raus-guckt, eine steifhaarige brünette Perücke, wie man sie leicht in Kaufhäusern mitgehen lassen kann. Odumein-gott. Schreit Thea? Weint sie? Der Onkel betritt das Zimmer, das Fremdenzimmer der Traumwohnung, er-mannt sich und zieht die Jalousie hoch. Es wird zuse-hends heller. Schloßblick. Bei Brillantfeuerwerken hät-te Regine die Fenster gern für harte Dollars vermietet. Über der Sessellehne ausgebreitet ein Schultertuch, schwarz, mit Silberfäden durchschossen. Marilyns Mund schmachtet. Die Mutter stillt ihr Kind. Der Harlekin, der Blitz, die Schuhe. Oder wie soll man die stumme Szene sonst beschreiben, die zwei alten Leut-chen. Dieses Kind, ach. Die Perücke. Der blaue Bade-mantel, geschickt zu einer Rückenpartie gestopft. Die Lateinbücher liegen umher, Grammatiken. Der *bellum civile*. Die ganze Paukerei. Alles für die Katz. Regine packt das Latinum nicht. Die Weisheit war hinter ihr her, aber sie war schneller. Ihr Bademantel liegt zusammengekrümmt im Bett. Thea nimmt ihn und hängt ihn neben den Spiegel, wo er immer hing. Eine zwanghafte Bewegung. Wie vergehen solche Minuten. Thea weint. Es ist ja nicht so, als ob sie kein Herz hätte. Übermorgen hat sie Geburtstag, also ist heute der fünfzehnte. Und Regine wollte ihr das Schultertuch schenken, das sie eigenhändig gehäkelt hat.

Komm, sagt der Onkel. Sie gehen in ihre Wohn- und Eßdiele, setzen sich auf die beiden sich gegenüberstehenden Sessel. Der Ausblick aus dem Hinterfenster beruhigt. Das Schloß gegenüber ist wie entthront, könnte man sagen. Es wird eine Weile dauern, bis man sich wieder an seinem Anblick wird erfreuen können, zumal die mit der Untersuchung des Attentats Betrauten bald herausfinden werden, daß geplant war, auch das Schloß, das Heidelberger, in die Luft zu sprengen auf einem deutsch-amerikanischen Freundschaftsfest. Die Fanatiker wollten ein Fanal größten Ausmaßes setzen. Nieder bis auf den Grund und nicht von den Wettern diesmal zerrissen. Was sich dann für ein Bild geboten hätte in den Fenstern der Traumwohnung mit dem Blick über den Neckar. Auf einigen Fotos, die in diesen Tagen veröffentlicht werden, sieht man im Hintergrund auf der gegenüberliegenden Flußseite deutlich das pompöse Haus mit dem Portikus, das Haus mit den vier Dachgauben, sähe bei vielfacher Vergrößerung vielleicht jemanden am Fenster stehen. Der Spuk ist aber vorbei. Ist er das? Die Ampel springt nicht um. Ein Auto rast davon. Der Davongekommene richtet sich auf und betastet sich. Zum erstenmal, gerade an diesem Tag, wird er in einem gepanzerten Mercedes gefahren.

Da wäre nun neuer Gesprächsstoff. Und mag nichts sagen, es bleibt das Wort im Halse stecken. Daß da der Deibel, der Gottstehunsbei, seine Hand im Spiel habe, oder, die Frage quälend weitergeschraubt: Ist, wäre ihr, Regine, das zuzutrauen? Dieses Kind als Attentatshelferin, als Helfershelferin. Eine unbekannte Randfigur der Szene, die sich klammheimlich gefreut hätte, wenn der Viersternegeneral ... Nein, nicht auszudenken. Alles andere, aber das nicht.

Thea steht wieder auf und telefoniert mit Gott und der Welt. Sie selbst wird öfter als gewöhnlich angerufen. Ihre Freundinnen und Kränzchenschwestern malen sich aus, was für einen idealen Überblick sie hat und was für ein Bild sie sich machen kann von dem, was vor ihrer Nase passiert ist. Und Thea – bei aller hektischen Mitteilsamkeit, oder ist es ein Redezwang gegen das Gespenst einer kurz aufgeflackerten, nun im Winkel hockenbleibenden Vorstellung? –, Thea macht am Telefon alle Einladungen zu ihrem Geburtstag rückgängig. Sie bittet um Verständnis, die Lust sei ihr vergangen, nach Feiern sei ihr gar nicht zumute, man verstehe das doch, wo dort unten die Schüsse gefallen seien. Wiederholt sagt Thea: Das Echo war derart laut, als ob, was im Tal geschah, sich hier abgespielt hätte.

Am Nachmittag ruft Reginens Mutter an. Was macht ihr denn für Geschichten in Heidelberg. Vielleicht sagt sie das wirklich. Regine? Ist verreist, ruft Thea wie aus der Pistole geschossen. Verreist, ja, gestern schon. Zu einer Freundin oder zu einem Freund. Frag mich nicht. Schließlich ist sie erwachsen und ist uns keine Rechenschaft schuldig.

Regine ist verreist. Das ist die Lesart, die Thea verbreitet. Der Onkel nickt dazu. Verreist, ganz recht. Am vierzehnten schon abgefahren. Wohin, nein, das wissen wir nicht. Wir wissen eigentlich nur, daß dieses Kind ziemlich unglücklich schien, übellaunig, aufmüpfig, muffig, dann wieder aufgekratzt, kurzweilig, witzig, schlagfertig, scharfzüngig. Es ist schwer, die richtigen Worte zu finden. Weiß man denn, in welcher Verfassung das Fräulein Nichte sich jeweils befindet? Sie hat ja auch oft recht mit ihren Mäkeleien und Kritteleien, dem Onkel jedenfalls gefällt es, daß sie nicht alles billigt und gutheißt *audiatur et altera pars,* billigte, guthieß. Wir denken bereits in der Vergangenheitsform an sie, als ob sie aus der Welt sei, verschollen, verschüttgegangen oder untergetaucht, spurlos auf und davon. Es könnte ihr auch etwas zugestoßen sein. Wieso hat denn daran noch niemand gedacht. Oder sie ist tatsächlich nur verreist. Sie hat endlich einen Freund, einen unbeschlipsten, der sie nicht bloß – wie drückte sie sich aus? – affengeil anturnen will, mit dem hat sie sich davongemacht. Und uns – könnten wir ja verbreiten – ist natürlich nicht entgangen, wie verliebt das Mädchen in letzter Zeit gewesen ist.

Das sollte Thea auch noch betonen. Verliebt gewesen. Thea telefoniert. Der Onkel tritt ans Fenster. In dieser Wohnung muß man ans Fenster treten und über den Neckar blicken. Der geneigte Leser – oder auch der ungeneigte, der lieber die Entheidelbergung, wie das ein Witzbold genannt hat, betriebe-, kann gar nicht anders, als aus dem Fenster schauen.

Und das, Ihr Lieben, ist das Schloß in Flammen, das

kalkulierte Inferno, das den Touristen das Geld aus der Tasche zieht (Regine), das Brillantfeuerwerk, sein Widerschein im Wasser, sein Echo in Wäldern und Schluchten.

Der Neckar hat Hochwasser oder Niedrigwasser.

Ein Flugzeug zieht eine wabernde Schrift über den Himmel. Das unzerstörte Schloß hätte schöner nicht sein können. Daß man nach zwei Weltkriegen eine Ruine so gern betrachtet. Die Seilbahn führt schnurgerade den Berg hinauf. In den Wäldern fand sich ein Menschenrest mit Weisheitszahn, schon nicht mehr Affe zu nennen, denn er trug bereits archaische Züge. Und in den Wäldern fand sich das Basislager der Attentäter. Nicht alles, was Menschenantlitz trägt, respektiert, was Menschenantlitz trägt. Die im Grundgesetz verankerte, die unantastbare Würde des Menschen, sein Recht auf körperliche Unversehrtheit, ist nicht für jeden verbindlich, im Gegenteil, Eiferer haben eine sinnentrückte Vorstellung von Recht. Jeder wähnt sich im Recht. Den schlichten Raster von Gut und Böse hat es nie gegeben. Ein Starfighter durchbricht die Schallmauer, man sieht ihn schon nicht mehr. Ein Fallschirmspringer sprang unlängst vom Himmel und landete genau auf der Plattform eines herausgeputzten Schiffes. Ein Betrunkener schloß mit einem anderen Betrunkenen eine Wette um fünfzig Mark ab, er würde auf der Stelle kopfüber von der Alten Brücke springen, die Wette galt, er sprang und ertrank vor aller Augen, er konnte nicht schwimmen. Was thustu mich angaffen. Wir haben es herrlich weit gebracht, wir Neandertaler der Zukunft.

Es ist nachzutragen:

Daß ein paar Tage später zwei Herren in Zivil, die sich als Beamte des Bundeskriminalamtes ausweisen, die Traumwohnung betreten und nach Regine fragen, ob sie hier wohne, seit wann sie hier wohne und wo sie sich zur Zeit aufhalte. Verreist, sagen Sie? Ahja. Die Herren erklären, sie seien beauftragt und ermächtigt, das Zimmer der jungen Dame zu durchsuchen.

Durchsuchen. Aber bitte, meine Herren. Tun Sie, was Ihres Amtes ist. Thea hebt die Schultern leicht und geht voran, als gewähre sie guten Freunden zum erstenmal den Schloßblick. Die Augen rechts. Das, meine Lieben, ist das Schloß, die Sehenswürdigkeit schlechthin. Und hier das Zimmer unserer Nichte, halbwegs aufgeräumt, denn was Thea auf den Tod nicht ausstehen kann, sind ungemachte Betten. Sie möchte aber gern wissen, wie die Herren auf Regine kommen. Hat sie was angestellt?

Das herauszufinden sind die Zivilbeamten hier. Sie sehen sich um. An der Wandschräge überm Bett auf den Schranktüren Poster: Blaue Pferde, spielende Kätzchen, Caspar David Friedrichs Kreuz im Riesengebirge, Picassos Stillende Mutter, ein Haus im Dunkeln mit beleuchteten Fenstern unter tagblauem Himmel, Hundert- und Tausendmarkscheine mit Fuggerköpfen drauf, der Herr Professor und seine Frau im Türrahmen gegenüber dem hohen Spiegel. Ein blauer Bademantel. An der Hängelampe eine große Spinnwebe, die Thea beim Putzen übersehen hat. Eine Menge Lateinbücher und Wörterbücher liegen herum, Deutsch-Latein, Latein-Deutsch, Krimskrams steht, hängt da, Tönernes, Schmiedeeisernes, Hölzernes, eine Kuhglocke, eine Spieluhr, die *Ich weiß nicht, was soll es bedeuten* spielt, ein Bierhumpen mit dem Schloßrelief, ein Zinnkrug mit Deckel, Turnschuhe vor dem Bett, ein überlanger Stoffdackel auf dem Fensterbrett, um die Zugluft abzuhalten – unsere Nichte war leidend, müssen Sie wissen –, über der Sessellehne ein Häkelschal. Die Beamten durchsuchen den begehbaren Schrank, die Nachttisch- und die Schreibtischschublade, das Bett, den Polstersessel, sogar die Hängelampe. Die Beamten nehmen Fingerabdrücke ab, als befinde man sich mitten in einem *Tatort*. Einer der Männer öffnet die Büchse der Pandora und fischt zusammengerollte Zettelchen heraus, er buchstabiert *expetere mortem expetere*. Der Onkel im Spiegel beeilt sich zu sagen, daß es sich um harmlose lateinische Verben handele, was die Herren keineswegs überzeugt. Das Wort *mutmaßlich* fällt. Mutmaßliche Sympathisantin, Helfershelferin, Auskundschafterin. Und wenn die Nichte nur herauszufinden gehabt hätte, wann genau das Opfer dort unten in seinem Mercedes täglich vorbeifahre. Mit einem Feldstecher wäre das von hier aus leicht zu beobachten. Und nun sei das Fräulein Nichte untergetaucht.

Feldstecher. Untergetaucht. Aber doch nicht dieses Kind. Der Herr Professor im Spiegel schüttelt den Kopf. Seine Nichte, genau gesagt, seine Großnichte, sei ja nur vorübergehend hier, um sich auf eine Lateinprüfung vorzubereiten, sie habe den ganzen Tag am Fenster ..., er meint, sie habe gut und gerne ihre vier bis fünf Stunden am Tag über ihren Büchern gesessen.

Thea scheint es besser zu finden, wenn sie die Sache in die Hand nimmt. Thea wächst über sich hinaus. Wenn Regine sie jetzt sehen und hören könnte, sie würde ihren Augen und Ohren nicht trauen. Auf die Frage, ob die Nichte ein Fernglas besessen habe, lacht sie so herzlich, als habe man gefragt, ob die Nichte sich hier einen Tiger gehalten habe. Und auf die Frage, ob die Nichte einen Kassettenrekorder habe, man müsse davon ausgehen, daß Täter und Sympathisanten sich Bänder zugespielt haben, antwortet Thea auf das unbefangenste, ja, natürlich habe sie einen Kassettenrekorder gehabt, wer von den jungen Leuten habe den heute nicht, für Regine sei der auch eine Lernhilfe gewesen, aber als sie durch die Prüfung gefallen sei, habe sie das Ding voller Wut verschenkt, an eine Freundin oder einen Freund. Der Name? Also das sei zu viel verlangt. Thea sagt: Sie hat ihre Bekannten selten mit hierhergebracht. Mein Mann braucht seine wohlverdiente Ruhe, deshalb habe ich meine Nichte um Rücksicht gebeten, und das hat sie immer respektiert.

Thea sagt nicht zu viel und nicht zu wenig, spricht nicht zu laut und nicht zu leise. Thea fragt wohlweislich nicht, wie man der Nichte auf die Spur gekommen sein will. Selbst ihre Empörung hält sich in Grenzen. Jetzt schlägt's dreizehn, oder, Das ist ja wohl ein schlechter Scherz, kommt nicht über ihre Lippen. Thea ist eigentlich nur erstaunt über die Herren vom Bundeskriminalamt, die offenbar Grund zu der Annahme haben, dieses Kind könnte etwas mit kriminellen Machenschaften zu tun haben. Für sowas seine Knochen hinhalten, sagt Thea, also entschuldigen Sie, aber dazu wäre unsere Nichte einfach nicht ... Ja, sie wäre einfach nicht dumm genug, sich auf sowas einzulassen.

Dumm genug? Einer der Beamten, der Wortführer, belehrt sie, daß gerade intelligente junge Leute in der Szene zu finden seien, leider Gottes sogar hochintelligente, Überzeugungstäter, deren erklärtes Ziel es sei, die westliche Demokratie zu schwächen. Ihrer Meinung nach sei der Staat ein unbarmherziger Killer.

Das mag ja alles stimmen, räumt Thea freundlich ein, sie hat fast wieder ihren beschwichtigenden Märchenton, bloß unsere Nichte war politisch nicht sonderlich interessiert, das kann man nicht sagen, ich wüßte nicht, daß sie sich jemals an einer Demonstration beteiligt hätte, es sei denn an Aktionen, die in diesem Jahr für behinderte Mitbürger stattfänden.

Der geschulte Beamte läßt das Argument der unpolitischen Nichte nicht gelten. Im Unterschied zu den Akteuren der ersten Stunde, die klar umrissene Ziele hatten und Gewalt verabscheuten, gebe es in der jüngeren Generation auffällig viele Täter – und er setzt hinzu Täterinnen-, die keineswegs aus politischen Motiven handeln, das seien solche, die nur ihr privates Elend politisierten. Er könnte Beispiele nennen, den Drahtziehern seien diese konfusen Typen hochwillkommen, weil die ihre eigene Nichtigkeit nicht ertrügen und sich um jeden Preis ins Bild setzten und vor nichts zurückschreckten.

Sie mögen ja ihre Erfahrungen haben, seufzt Thea, bloß Regine paßt dieser Schuh nicht. Das müssen Sie mir schon glauben. Bei Licht betrachtet war unsere Nichte noch ein halbes Kind, trotz ihrer zwanzig Jahre. Das Bild, das Thea nun von Regine entwirft, gerät jetzt allerdings zu einem Rührstück. Mit einer Stimme, die hörbar an Festigkeit verliert, rüstet Thea das Mädchen um zu einem Ausbund an Bescheidenheit und Nettigkeit und Harmlosigkeit, wie der Onkel es sein Lebtag nicht zu Gesicht bekommen hat. Thea hat sich auf die wulstige Sessellehne gesetzt, ihre Finger nesteln in dem gehäkelten Schal. Es ist zum Erbarmen. Wie lange hält sie das noch durch, Regine derart gluckenhaft zu verteidigen? Der Herr Professor zieht es vor, die Beamten in die Wohndiele zu bitten. Wollen Sie nicht Platz nehmen? Die Herren danken verbindlichst. Noch während sie sich verabschieden, klingelt, wie von Geisterhänden beschworen, das Telefon, und Thea bekommt es fertig, den Hörer abzunehmen, einen Augenblick lang die linke Hand auf die Sprechmuschel zu legen und zu sagen, das sei vielleicht Regine, da könnten die Herren vom Bundeskriminalamt doch gleich selber mit ihr sprechen.

Es ist dann aber nur der Schornsteinfeger, der sich für morgen ansagt.